越过山丘

邱兵 著

天津出版传媒集团
天津人民出版社

果麦文化 出品

无论多难，老爸真的很想成为硬汉。

——给 Emily 和 Riley

目 录

推荐序
谁掌握了记忆,谁就掌握着不灭的希望 / 1

自序
虹 / 6

第一章

来时之路 / 001

漫长的告别 / 002

无意义的人生 / 013

冬雨 / 027

小徐,快跑 / 040

黄辣丁 / 052

第二章

重逢 / 057

所有我们看不见的光 / 058

流动的圣节 / 072

生生不息 / 083

一颗像上海那么大的钻石 / 089

康定路的新年致辞 / 096

第三章

弄 潮 / 105

太阳星辰 / 106

鱼塘和梦 / 118

我心澎湃如昨 / 124

月亮和三千元人民币 / 128

答案 / 133

曾经飘落在我们肩上的 / 145

第四章

回家,再回家 / 153

雾与光 / 154

黄溪河边 / 161

大河奔流 / 175

霍华德医生 / 178

阳台上的夹竹桃 / 184

革命之路 / 190

推荐序
谁掌握了记忆,谁就掌握着不灭的希望

唐纳这个名字,现在年轻的读者,恐怕很陌生了。好在有互联网,一查便知他有多牛,无须我在此转抄。

话说抗战胜利后,《文汇报》复刊,总经理严宝礼和总主笔徐铸成聘请唐纳担任总编辑。据前辈报人谢蔚明在《唐纳逸事》一文中的回忆,上任后不久,离异单身的唐纳便坠入情网,意中人是北洋时期外交家陈箓的小女儿安娜,英文《自由论坛报》的记者。那时唐纳每天晚上看完报纸大样,就伏案用工整的蝇头小楷写一封情书,交给小工友滕奎元,让他第二天再买一束鲜花一并送到安娜家。

滕奎元后来多次跟谢蔚明绘声绘色地讲唐纳逸事,他说,陈小姐住在徐汇区一幢小洋房里,他去送信送花,开门的总是一个女佣,陈小姐从未露面……后来的故事就是唐纳追陈小姐追到巴黎,有情人终成眷属,唐纳在异国他

乡度过了平安幸福的后半生。

小工友滕奎元一直在文汇报社工作。四十年后，1985年我进文汇报社时，他是劳动工资科科长。滕奎元个不高，嗓门大，我在大楼里碰到他会问：老滕，啥时候能涨工资？他就扯着大嗓门骂一句，说："好好交做，朝上爬！某某某只小贼刚进报社时工资是多少多少，现在当副总编了，工资是多少多少。"他当时报出的数字具体到几角几分。邱兵比我晚五年进报社，报到当天碰到的第一个人就是滕奎元，于是就有了这本书中《曾经飘落在我们肩上的》一文开头的一幕。

不记得滕奎元哪年退休的，好像退休没几年就得骨癌去世了。现在文汇报社里恐怕也没几个人知道他。"逝者已矣，生者挂齿，阴阳虽相隔，遂在生者口唇间重逢。"（董桥译萨缪尔·巴特勒诗句）老滕应该怎么也不会想到，他的名字会因当年那个"小 bie 三"的这篇文章而音徽远播。

邱兵要我为他的第一本书写几句话。认识结交至今三十多年，一起送别青春，走过岁月，书中提到的很多人与事，我有所了解，没有提到的更多人与事，我也略知一二，细说起来，真成叨叨絮絮的老人家了。还是跳过这些，说说他的文章吧。

说来有趣，最早关注邱兵文章的，是王元化先生。90年代初的某一天，我去元化先生家，先生拿着当天的《文汇报》，指着一篇报道问我这个记者是什么人。我一看，是邱兵写的大报道，好像是文化搭台、经济唱戏这样的题目，我说这是报社新来的年轻记者。王先生说："小阿污乱嘛！"（这是上海话里的词，但王先生是用普通话说的。）我回报社遇到邱兵，把王先生的"评价"转告他，邱兵脱口而出："格老边洋子！"（同样也是用普通话说上海话里的词。）我当然不敢转告王先生。"小阿污乱"的那篇报道也没收进本书里。

与邱兵交往几十年，可称莫逆。但我们几乎从不交流读书文章之道。我以前还多次调侃邱兵，说他只读过《月亮和六便士》《麦田里的守望者》《了不起的盖茨比》几本小说，后来加上《追风筝的人》，却反复引用了几十年。

这本书里也时时出现这几个书名，引用起来却似妙手偶得，浑然天成。这让我想起徐燕谋在一篇文章中讲过的一段逸事，有人听到19世纪英国作家安德鲁·朗

（Andrew Lang）和历史学家弗劳德（J. A. Froude）的聊天。据说弗劳德读书多，十倍于朗，但朗却善用其少，左右逢源，口若悬河，弗劳德反而格格不吐。那人就打个比喻，说朗读的书有如已募集的军队，随时可上战场；而弗劳德读过的书则像俄国乡村里的后备军，至少须走一星期才能到达最近的火车站。

如此说来，邱兵读过的这几本书已是他的"海豹突击队"了，虽然这本书里引用的，已远远超出上面提到的几本。其实就文章而论，读书多与文章好是没有直接关系的，最近我刚读到钱锺书在给宋淇的信里引过一句英国谚语——An ounce of motherwit is worth a ton of clerge，直译过来就是一盎司天资抵得上一吨学问。读了邱兵这些文章，我深有同感。

这些文章，我大部分都读过，这次无论重读还是新读，都很惊艳。邱兵要我说两句，我正"准备用我读过的什么金句赞美他"，脑中马上蹦出两个字。

邱兵在那篇《曾经飘落在我们肩上的》中，说他一度住在我家大半年。那时《东方早报》创刊不久，他每天很晚回家，几乎不是大醉，就是微醺，我一般都先回自己房里睡了。而我刚结束《万象》的编辑，独处无事，闲弄笔墨，写写画画，有时自己觉得尚可，就在字画旁的纸条上留个言，请他品评两句。第二天起来，只见纸条上两个潇洒的大字："牛逼！"

当年我感受不到这两个字的分量，此刻我脑中蹦出了这两个字，似乎非此不足形容我的震惊和赞美。

陆灏

2024 年 5 月 29 日

自 序
虹

我说:"姐,我们好像有吃不完的苦,从没等到甘来的时候。"

她说:"乱讲,还记得你讲的人生目标不?做个好人。我想我差不多能完成这个目标,所以我睡得着,吃得香,偶尔跳跳广场舞,完美!"

胡适之先生在他的著作中,反复讲过一个故事,大约是说,两千五百年前,喜马拉雅山的一个峡谷里死了一个乞丐,尸体在路旁腐烂了,一个少年王子经过,看见这个骇人的景象,就思考起来,然后他抛弃了荣华富贵,到旷野中去寻找一个自救以救人类的方法。多年后,他走出旷野,成了释迦牟尼,向世界宣告他找到了拯救之道。

如此这般，适之先生讲，甚至一个乞丐尸体的腐烂，对于创立世界上一个如此大的宗教，也曾不知不觉地贡献了力量。"小我"自然是会消亡的，而千千万万个"小我"组成的"大我"，却是不朽的。

我读这些书的时候，唯一想的就是，千万别让我摊上这个"小我"，胡适之要怎样的"小我"是他的事儿。

这听上去更像当下的流行语——时代的一粒灰，落在个体头上，就是一座山。当然，辩证地讲，所有个体身上的千千万万粒灰，也能够汇成一座座山，压得时代的车轮进退两难。

每个人的生命中总会有一段"纯真年代"，我称之为"最终定格的年代"。据说，一个人在离开这个世界的时候，生命的无数瞬间会像电影胶片一样闪烁而过，这个人观看完他自编自导自演、没有彩排、一镜到底的一生后，便撒手而去。不过我觉得，人的一生最终一定会有一个定格——定格在至纯至美、永志不忘的一瞬。

我出生在重庆巴南的长江边上，我家三个孩子，哥哥大我八岁，姐姐大我六岁。听上去，我应该是非常意外地来到地球的，张着好奇的双眼用了五十多年的光阴，凝望、观察、揣摩生命中所有的一切：流动的河流、变幻的容颜以及永不再来的时光。

"虹"是我姐姐的名字，在我童年的时候，她是我们镇上远近闻名的漂亮姑娘，更准确地说，是德智体美全面发展的好孩子。

1975年，我刚上小学，姐姐读初中，哥哥念高中。那个时候，长江边上有长长的、面积很大的沙滩，再往岸边靠近的地方，是一望无垠的鹅卵石滩。

夏天的傍晚，晚饭前，经过父母的允许，我们会和学校里的其他孩子一起去江边游泳，下午四五点钟的太阳热气腾腾，一直燃烧到七点左右才会落山，江水清澈翠绿，倒映着万里无云的晴空。

哥哥是游泳高手，负责保护我们的安全；我唯一的爱好就是玩沙子，把它堆塑成戴着帽子的雷锋的模样。

姐姐和另外两个女孩是固定的三人组，穿着老式的泳衣，一直坐在沙滩上聊天。夏日的三个月，她们聊的内容不超过十句话，全部围绕从她们身边经过的男生。

"谁谁谁越长越好看了，学习成绩还是很差。"

"刚刚那个又偷看我了，真恶心，有什么好看的！"

"知道吗？听说杨老师跟钟老师那个了，要结婚了，钟老师成分不好，但是杨老师不在乎。"

很多很多年以后回忆起来，我的生命如果要定格在某个瞬间的话，唯一的镜头一定是70年代那个夏日的长江边，晴空、江水、沙滩，以及不念过往、不忧将来的短暂瞬间。

几年前的某一天，我还在长江边问老友："好奇，长江边的沙滩去哪里了？"

"沙滩，有过沙滩吗？记不得了。"

"有的，大片的沙滩，完全不用去马尔代夫。"

"可能冲走了吧，这很重要吗？"

"很重要，至少对我来说。"

1976年夏日的某一天，虹没有去沙滩，一个人在家里哭。我回家的时候问她为什么哭，她说，家里没有钱供她和哥哥两个人读大学，只能供一个，所以，过完暑假，她就要离家去念中专了，读完能早点工作挣钱养家。

"可是，"我说，"你的成绩比哥哥好很多呀？"

她说："那有什么用。"

就这样，虹离开家去念了中专，每年寒暑假才回来。

我并没有什么特别的感觉。一直到三年以后,我念初一,她中专毕业,又回家了。

她被分配回我们鱼洞镇的绢纺厂工作。

那一天我见到她大包小包地搬回家,非常震惊,忍不住问她说:"我们努力读书的目的不就是离开这个穷地方吗,你为什么又回来?"

她说:"工作很不好找,能进绢纺厂已经不容易了。"

说着,她又流下了眼泪。

那一晚,刚刚念初一的我,竟然失眠了。家里的挂钟嘀嘀嗒嗒响个不停,我爬起来把它直接扔去厨房,接着,父母爬起来问我:"你干啥子?"再接着,奶奶和哥哥姐姐都爬起来问:"你干啥子?"

那一夜,果然,每个人都没睡着。三个孩子中最优秀的一个,现在回家了,开始了她一眼望得到尽头的人生。本来,我们为自己设定的人生目标,都有同样的四个字:展翅高飞。

话又说回来,那个让我们拼尽全力想要离开的地方,多年以后又变成了我们魂牵梦萦的地方。这是轮回,按下不表。

虹工作后的工资,大约只有四五十元,全部交给父母,一直支持我和哥哥两个人念完大学。

我念初中和高中那几年,明显感觉得到她的不快乐。她每天回家时都很疲劳,也很少说话,直到某一天,我后来的姐夫和她一起回家。姐夫年轻时是绢纺厂的帅哥,善良、真诚,我们全家都很喜欢他。虹终于找到了一个好归宿。

遗憾的是,绢纺厂没能跟得上改革开放的步伐,做垮了,两个人都没什么收入了,生活拮据。他们的儿子,我的外甥,念小学的时候,回家的路要走四十分钟,有一天崴了脚,问三轮车夫车费多少,说要一元,小孩子咬了咬牙,踮着脚花了一个多小时才走回家。

姐姐一家没有房子,一直和我以及父母住在一起,我看得出两人的惭愧。

大学暑假的时候,我回到家,有一天晚上,她跑进我房间坐在床边说:"学习累不累?钱够用不?"

我说:"姐,你们住在家里是应该的,你为这个家付出了那么多,相信以后会好起来的。"

她说:"中国的女性好像受的委屈、吃的苦总是比男的多,所以,我做的这些也是应该的。"

我说:"谁告诉你这是应该的?这是不对的!"

幸运的是,虹和老公是同一类人,这类人有个特点,从不怨天尤人,从不指望被救,总是努力自救。

20世纪90年代后期,他们开始做点小生意,生活有了改变,有了自己的房子,儿子大学毕业,交了女朋友,漂亮、温和,我们都很满意。

外甥的婚礼上,我这个舅舅当证婚人,他们让我即兴讲几句,我很认真地说了几句,我说:

"我活了半辈子,觉得这辈子当富豪很难,当权贵也很难,如果说得有个看得见摸得着的目标,那就是当一个好丈夫、好妻子、好父母、好孩子,当一个好人,这个目标,跳一跳够得着。这个目标实现了,睡得好觉,吃得好饭,幸福感在所有目标中搞不好排第一。"

姐姐又流泪了,这一次,是幸福的眼泪。

外甥婚后不久,小两口就生下了一个可爱的孙女,聪明伶俐,讨人喜欢。又过了两年,他们生了第二个孩子,这回是个儿子,终于,儿女双全。

我想,姐姐这一生,峰回路转,总算苦尽甘来。

2022年一个夏日的深夜,姐姐打电话给我,泣不成声,说她的孙儿,那个一岁多的小宝宝被送进了ICU,还好最后抢救回来了,但被诊断为先天性糖尿病,需要终身注射胰岛素。得这个病的概率是百万分之一,很不幸,命运的灰尘落到了他们头上。

那一年的8月,女儿去波士顿读书,我去陪了一段时间,那些日子里,我有空就问朋友认不认识相关领域的医生,认不认识研究婴幼儿先天性糖尿病的人,遗憾的是,当时没有人能够讲出个所以然。

2023年的秋天,在一个偶然的聚会上,一位哈佛大学麻省总医院的华人医生跟我说,尽管他不是这个专业的,但是他可以负责任地告诉我,十年之内,应该会有革命性的突破。

那个晚上听到这句话的时候,我一口就把杯里用来装腔调的红酒吞了下去。

2022年底,母亲去世,九十三岁的父亲一个人生活在故乡的小镇上,哪里都不愿去,哪里都住不习惯。由于哥哥已去世,我还在波士顿,所以照顾父亲的重任,又落在了姐姐的肩上。

这一年她已经六十岁了,依旧为了一家人忙前忙后。

她要照顾自己的婆婆,要照顾孙子和孙女,要照顾自己年迈的父亲。

她的家和父亲的家之间,单程要一个小时,每周,她都在这条出租车加轻轨的道路上疲于奔命。

差不多五个月之后,我才从波士顿回到重庆照顾父亲,但是我仍然要波士顿、上海、重庆三地跑,照顾父亲的主要责任,仍然扛在姐姐的肩上。

我在今年春节的时候问姐姐:

"你累不累?"

她说:"不累,每天忙一点晚上还睡得香一些。"

我说:"小宝宝好不?"

她说:"挺好,很聪明,都已经这样了,就盼着哪天医学进步了,让娃儿苦尽甘来。"

我说:"姐,我们好像有吃不完的苦,从没等到甘来的时候。"

她说:"乱讲,还记得你讲的人生目标不?做个好人。我想我差不多能完成这个目标,所以我睡得着,吃得香,偶尔跳跳广场舞,完美!"

我不跳广场舞,我每天都爬山。家乡小镇的北边是长江，南边是云篆山，70年代初刚搬到这座小镇的时候，我们家住在山的背面。

1983年，我读初中三年级。从那时起，每天晚饭后，我都会去爬山。在山路上跟自己说话，跟自己和解，嬉笑怒骂，四野无人。山路上的那一个小时，是我一天中最快乐的时光。

山的背面，有我们曾经住过的土房子，如今已经不在了。

2024年春节的一个傍晚路过那里时，仿佛时空交错，恍惚间我又走进了从前的家。只有两个房间，灯光很暗，里屋的大桌子边上，围坐着我的祖母、我的父母、我的哥哥、我的姐姐，还有我，一家人整整齐齐。

那一天是姐姐十二岁的生日，没有蛋糕，没有蜡烛，她的面前只有一碗长寿面，还有两个荷包蛋，但是看得出她很快乐，她说：

"我喜欢化学，我的理想是当居里夫人。"

一家人热烈地为她鼓掌，六岁的我那时还不知道谁是居里夫人，只是开心又卖力地鼓掌。

在那房子的外面，暮色苍茫，寒风凛冽，五十五岁的我，和着时间之弦的余音，拼命地跟着鼓掌，鼓掌……

回望身后的那座山,将我一路跌跌撞撞地带到了这里。如亘古的巨人般,为行人引路,仿佛在说,翻越过去,就会收获命运馈赠的惊喜。

父亲的老房子窗口对着半山腰,夜色来临的时候,每过五分钟,会有一列灯火通明的轻轨列车从北向南高速掠过,零点五秒之后,另一辆反方向的列车经过,它们穿插成暗夜里的一道彩虹。

那是姐姐每天乘坐的交通工具,是她穿越风雨的人生。幸运的是,它未被黑暗湮没,它亮着光,继续向前。

我要写一本深情、朴素、乐观的书,方便我的家人阅读;我要写一本岁月的书,记录我们受过的苦,付出的爱,穿越过黑夜的平凡人生。

邱兵

2024 年 3 月 5 日

第一章

来时之路

也许他微笑着,也许他仍在挣扎,都不要紧,

我们每个人何尝不是在挣扎中求生存,

在无人喝彩时埋头向前。

漫长的告别

妈,
瓦尔登湖在冬天会结冰的,
它会闭上双眼,冬眠三个多月,
然后在春天里醒来。

那天清晨起了雾,我在窗前站了很久很久。

在浓雾中,我看到了一切,看见了母亲的一生,看见了我们没有告别的永别,听到她沉默的告白、最后的叹息。

2022年12月24日的深夜,家人告诉正在国外的我,八十六岁的母亲因为新冠感染被送进了ICU,我开始手忙脚乱地买机票,结果发现,最早的票竟然是在一个半月之后。

回想起来,那真是一段令人疯狂而绝望的日子。

12月27日,母亲经历了痛苦的插管治疗后仍然未能渡过难关,最终在ICU中去世。走的时候,没有一个亲人在身边。

生命的旅途中,我曾经一直以为,母亲和我会有一个漫长的告别,我还有大把的时间去陪伴、去倾诉、去感恩,然而,事实却不是如此。

她不是慢慢死去的,她是在七十二小时内迅速离开的。

父母的家在重庆巴南鱼洞镇上,在一幢陈旧高层的十二楼。每一年我从上海回重庆去看他们,母亲头一天晚上肯定睡不着。先是思考第二天要烧的每一个菜,然后猜我是胖了还是瘦了,以及几点到、何时离开。我到的那天,她会一直从十二楼的窗口往下看,看到任何一个像她儿子的人,她都会非常兴奋,手舞足蹈。我离开的那天,她会站在窗前目送我,有时沉默不语,有时轻声叹息。

所有这些细节,都是去年夏天我回重庆给母亲下葬时父亲告诉我的。

母亲是战争时期的孤儿。

1941年，日军对重庆狂轰滥炸，母亲一家十四口人中有十三人罹难，留下五岁的她被现在的外公外婆收养。外公外婆对她视如己出，把她培养成了一名中学老师。然后，她嫁给了一个非常出色的男生——一位身高一米六的帅哥、一位带着枪的刑事警察。

从父母的职业来看，我们家必须是"慈母严父"的组合，事实也完全如此。母亲悲惨的童年并未给她留下太多的印记和创伤，反而是外公外婆的善良与宽容在她身上得到了最大程度的传承。

母亲作为一名人民教师，似乎应该对我的学习和生活有非常高的期许，然而并不是。从我有记忆开始，母亲讲得最多的一句话就是：

"不要活得像热锅上的蚂蚁。"

1986年高考前，我非常紧张，觉得未来皆在此一举。

母亲每天给我开小灶，不是补课，是真的小灶。她用蔬菜、猪肉、猪肝、鳝鱼等加上类似火锅底料的东西，一锅烩。每次小锅盖子一揭开，不用说，那麻辣鲜香，得两大碗米饭打底。随着香味飘过来的，还有母亲的轻言细语:"放松,好好吃饭,健康第一。高考尽力就行,你父亲啥大学都没读过,也是一个优秀的人。"

高考第一天两门考试结束后,我站在考场外面叼着根凤凰牌香烟解乏,被语文老师陈老师撞个正着,怒斥:"不回去好好准备第二天的考试,还抽烟,你疯了!"

我说:"我妈说的,考不考得好无所谓的,别紧张,跟热锅上的蚂蚁似的。"

陈老师气得只好也点上一根凤凰牌香烟。

高考结果出来,我是那年的重庆市文科状元。

1986年酷热的8月,重庆朝天门码头,母亲和外婆送我去坐船,我要去上海的复旦大学新闻系读书。在五号码头和她们告别的时候,我才发现弄错了码头,原来开往上海的船停在七号码头。

两个码头之间的距离,目测超过一公里,还有半个小时船就要开了。我丢下外婆和母亲,背着一个巨大的蛇皮袋,沿着布满鹅卵石的河滩朝七号码头狂奔,仿佛年幼的大卫·科波菲尔午夜逃出伦敦奔向新的人生一样。

身后传来母亲的呼喊:"兵娃儿,慢一点,来得及!"

我转过头大声回应她:"妈,你放心吧,我会当个好记者!"

那个热到窒息的盛夏,我身上流出的汗水好像源源不断的激流一般,冲刷着曾经的十八年青葱岁月,让我稚嫩而狂热的梦想奔流不息。

工作后的前二十年,我的日子比较好过。那时的报社记者是铁饭碗,我每年回家陪父母过年,饭桌上说话人五人六的,嘴里经常蹦出点权贵和企业家、有钱人的名字,并显示出尽管他们不大认识我、我肯定认识他们的猥琐样儿。

家里警察老爹对我这套可怜的把戏非常看不上眼,从来不搭理我一个字。这个时候母亲总是很宽容,把话题岔开,说自己本来想要两个孩子,一儿一女,后来意外怀了我,所以我和哥哥差八岁,和姐姐差了六岁。但是没想到,不想要的这个孩子最有出息。

老爸说:"有出息?呵呵,飘得很!"

母亲说:"年轻人有点性格有啥子关系嘛?你这个老头子,你以为你养了个圣人,十全十美嗦。一点点小事就挑三拣四!"

工作后的第三个十年，互联网时代来了。我干的这个行当，比较麻烦，比较困难，突然要和一些写代码的人竞争，终于，还是败下阵来。

过年回家，我总是垂头丧气，家里老警察看不惯："一点点成绩就飘，一点点困难就蔫，瞧你这点出息。"

母亲说："不要急，五十岁的人，还有十年，还能做出件重要的事。"

我喝了些酒，跟母亲说："妈，时代变了，我已经失去了把握！"

2022年的春节，我住在父母家，深夜里读杰克·伦敦的小说《一块牛排》，这是个震撼人心的关于奋斗的故事。

一位叫汤姆·金的老拳手，天色微亮时饿着肚子出门，去参加跟一个年轻拳手桑德尔的比赛。他没有钱吃饭，但是带着经验、智慧、勇气参加搏斗。老头最终还是败下阵来，因为他缺少一些东西，比如，一块牛排、一些新技术、一些资本。

拳赛进行到最后阶段，我们这些年过半百的媒体老头儿可能终于再也爬不起来，写代码的、搞AI的挥舞着

"金腰带"。

元宵节刚过,我便和父母告别,踏上了去往异国他乡的旅程。我的女儿考上了波士顿的中学,下半年我要去美国陪她几个月,第二年春节才能回国和父母相见。女儿的学校在波士顿郊外的大农村,为了周末接她回家方便,我和妻子也住在学校的旁边。这个大农村比较无聊,基本什么娱乐都没有。

秋天的最后一段日子,我闲来无事,在地图上瞎研究,发现有个地方离我们住的地儿很近,开车只要十五分钟,这个地方叫瓦尔登湖。于是当天下午我和妻子就开车过去了,那天气温有20℃左右,太阳很好,晒得湖水暖洋洋的,很多老头老太太在那里享受阳光、空气、湖水,以及一个面积不大的沙滩。湖畔很静,只有树叶飘落在地上时沙沙的摩擦声,湖边的老头老太太都不讲话,似乎都是从1854年穿越过来的。

第一次去过瓦尔登湖后,此后的每一两周,我就会去一次,特别是天气好的时候,湖畔徒步一圈大约四十五分钟,运动量正好。

而且,我发现了瓦尔登湖一个更重要的价值。

有一天，我试着在瓦尔登湖的湖畔和父母视频通话了一次，显然，母亲被秋天瓦尔登湖的美景震撼到了。

她问我："你是在哪里？我看到漂亮的湖水。"

我说："瓦尔登湖，妈，这里很安静。好像，好像童年的梦一样。"

母亲说："真好，我们现在都不敢下楼，你在那里多待一段吧，回来也不安全。"

我说："我知道了，现在来回太不方便了。不过，妈，我在这个湖边，好像想明白了很多事情，可以算是不虚此行吧。"

母亲说："放松些，你方便的时候，多给我们打视频电话，我想看那个漂亮的湖。"

我说："好的。"

挂掉电话，突然感到，这一年来真是糟糕透了，什么开心事都没有，好像，只有在这湖边坐着，才是舒心的、舒缓的、舒畅的。认真地回忆起来，过去十多年，我们，我，真是活得像热锅上的蚂蚁，差不多每晚都有应酬，每周都要喝多一两回，不能喝了不能喝了，都已经四高不是三高了。

可是，最近我的饭局真的少了，是不是我在江湖上已经混得不好了呢?是不是我们都已经真的成了江湖遗老?

没想到,我这半生最美的一段时光,竟然是在如梦如幻的波士顿的秋天度过的。

配上一杯冰美式,我在湖边慢条斯理地读完了《瓦尔登湖》的每一个字,当我读到梭罗用绳子系着一磅半重的石头沉入湖底,准确测出瓦尔登湖的深度约三十二米时,忍不住又想和父母通视频电话。

我说:"妈,别看这个湖不大,可是它很深,差不多和我们家旁边的长江一样深。"

母亲说:"这个湖应该一年四季都很好看吧,我特别想看它冬天的样子,肯定是大雪覆盖吧,湖面会结冰吗?"

我说:"一个叫梭罗的人在他写的书上说,会结冰的,很厚,得有三十厘米。不过我也不知道是不是真的,等到冬天下大雪的时候我就过来给你现场直播。"

母亲说:"你看我足不出户也能看到瓦尔登湖的美景,真好。"

瓦尔登湖,是母亲离开这个世界前看到的最后的美好风景。

2022年的12月27日,她在ICU中去世。去世前的几个月，她一直没有下过楼，只是在手机屏幕上看到儿子和一面湖水。

母亲去世的那个清晨，冬季风暴刚刚袭击了波士顿，漫天的鹅毛大雪，纷纷扬扬。

我和太太说："我们去瓦尔登湖吧。"

她一秒钟都没有犹豫："好的！"

我们把车停在白茫茫的湖边，沉默了很久很久。

此时，我手机正播放着里尔克的一首诗《沉重的时刻》：

> 此刻有谁在世上的某处哭，
> 无缘无故地在世上哭，
> 哭我。
>
> 此刻有谁在夜里的某处笑，
> 无缘无故地在夜里笑，
> 笑我。
>
> 此刻有谁在世上的某处走，

无缘无故地在世上走,
　　走向我。

　　此刻有谁在世上的某处死,
　　无缘无故地在世上死,
　　望着我。

　"妈,瓦尔登湖冬天会结冰的,它会闭上双眼,冬眠三个多月,然后在春天里醒来。"

无意义的人生

街垒之上,
可有你梦想的自由之邦?

2012年,邱自力五十二岁。

那年冬天的一个晚上,自力吃了火锅喝完酒,就去了朋友家打麻将。重庆麻将规则随意,讲究短兵相接,狭路相逢、乱中取胜。

胖子是自力朋友的邻居,半年前开始,偶尔过来看他们打麻将。看着看着,缺个人就坐下来打。打着打着,大家发现胖子输得少,赢得多,把他们三个当取款机。

这天晚上三个人都喝了不少酒,醉眼蒙眬。胖子没喝过酒,兴致高昂。凌晨两点的时候,一副牌砌好,只摸了两圈,胖子把四张幺鸡暗杠,杠起来一张七筒,竟然就和牌了，八九筒和边七筒。

紧接着，胖子右手高举着这张名为"七筒"的麻将牌，像自由女神一样倒了下去，压垮了一把破破烂烂的藤椅，后脑着地，几秒钟后就找不着脉搏了。

等救护车的时候，自力已经吓得瘫坐在了椅子上。他猜测胖子应该是脑梗之类的，估计是救不活了，都是七筒惹的祸。

救护车一直不来，自力点了一支烟，打火机还是胖子的。看到眼前桌上自己的十三张牌，里面不是有一张幺鸡吗？那胖子暗杠的四张牌到底是什么鬼？他忍不住把它们翻过来看，三张幺鸡，一张二条。

"这也可以？"

胖子大他两年，五十四岁。救护车到的时候，用了个什么治疗机器，显示心跳为一根直线，医生说："死了。"

2012年冬天的凌晨四点，邱自力跟跟跄跄回家，户外漆黑一片，走到街角的时候，忍不住用手指伸进喉咙去抠了抠，等胃里残存的白酒、啤酒、沮丧、恐惧一股脑儿喷出来后，他清醒了。

三张幺鸡，一张二条，一张七筒，要了胖子的命。

刺骨的寒风掠过长江边的小镇，它仿佛在邱自力的耳边低语：

"毫无意义的人生。"

自力是我的大哥，生于1960年，大我八岁。"自力"两个字取自"自力更生"。

自力出生的时候，家里很穷，还赶上了自然灾害，没有吃过几顿饱饭，所以从小就身体瘦弱，眼神里透着一股"我很苦，全世界都欠我"的有气无力的表情。而父亲母亲也觉得，大儿子没有赶上好时候，吃了不少苦，有条件后就尽量多给他些补偿。

哥哥念高中的时候，姐姐在念初中，家里规划下来只供得起一个人念大学，父母选择了哥哥，而放弃了成绩更好的姐姐，于是姐姐为了尽快挣钱养家，只好去读中专。

一个人从苦难中到底能学到什么？那些没有打垮我们的，会不会让我们成为硬汉？所有无中生有的歉意和补偿会不会让当事人心怀感恩、悲悯天下？

答案很让人怀疑。

邱自力十六岁就抽上了烟，二十岁开始喝酒，一直喝到六十岁生命终结。各种赌博项目无所不通，但是千万不要以为他以此为生，不是的，因为他十赌九输，但却总是相信他会在某一个不同凡响的时刻,用一把牌捞回他所有的面子。

在我们这个十八线小镇上,经年累月,游荡着许许多多这样的年轻人,他们眼神空洞、目中无人,把一切信仰踩在脚下。

邱自力考大学一共考了三次,当时我们还住在母亲教书的中学校园里,每个人都知道他一直考不上大学,一直复读,两次失败之后,每个人碰到他都会关心地问:

"自力,继续复读呢?"

邱自力变成了一个"套中人",他不和任何人说话,准确地说,他只和他的那只黑猫说话。这只猫在邱自力三岁的时候自行来到我们家,它只和邱自力玩,他们之间有某种神秘的"语言"可以交流,并且,交流的是关乎某些精神层面的东西。

除了上课之外,邱自力不会在光天化日之下出现在任何地方,他的脑门上写着一行字:"我根本不是那块料,放过我吧!"

可是,以我父母为首的所有人都不同意。

1981年夏天高考前,我在学校背后的竹林里,碰到一个躺在楠竹上用衬衫把头包起来的人，他用唯一露出的嘴叼着一根香烟，他的黑猫蜷缩在他的胸膛上，闻着他的劣质二手烟，像一个邪恶的鬼东西。

我说："哥，要是，你这次再考不上，那该怎么办哪？"

自力说："凉拌！滚！"

我说："陈老师说的，无论人生的意义是什么，都得跳过高考这个龙门。"

自力说："陈老师晓得个锤子，哪个说人生就一定得有啥子意义？"

我说："那你也对不起姐姐为你做的牺牲。"

自力说："我没有喊她牺牲，我愿意为她牺牲，我愿意早点工作，捡破烂都行。"

我说："可是，哥、我们总得有个理想和目标吧？爸妈那么辛苦，又不是为了让我们去捡破烂。"

自力说："你懂个啥子嘛。你问问黑猫它有个啥子人生目标？它不是一样活得开开心心。"

黑猫张开四肢，伸了一个大大的懒腰，咂巴咂巴嘴，又吸进去几缕二手烟，喉咙里阴不阴阳不阳地哼叽着：

"嗯哪，嗯哪。"

那是夏天的正午，长江水奔涌不停，竹林里几百几千的知了声嘶力竭地高呼着：

"毫无意义的人生。"

1981年，最幸运的一件事情，是邱自力第三次参加高考总算考上了我们当地的师范大学。尽管这所大学的排名处于我们当地高校末位，但是，那也是大学啊！

1981年，还有一件小小的遗憾的事情，就是邱自力的黑猫，在他准备去念大学的前一天，突然发了疯，抓伤了邱自力的脚，并且在邱自力准备收拾它的时候逃走了，一去不返。

两周之后，几个学生在竹林里的小水塘边看到黑猫的尸体，已经发臭了，我在竹林里挖了一个小坑把猫埋了，拿了块纸板插在上面，写了四个字："黑猫之墓"。想想还不够，又加了几个字："邱自力永远怀念你。"

邱自力大学毕业后当了公务员，主要工作是在办公室打杂，端茶倒水，以及，陪饭陪酒。最初两年的工作，不能说他卓有成就，但也不能说一无是处。但是之后发生的两件事，把他的前途从"观察培养"变成了"哪儿凉快哪儿待着去"。

一件事情是他陪另一个区的某副局长吃饭，局长没喝多，邱自力喝多了，喝多之后，跟人称兄道弟，纠缠不休，对方不爽了，说：

"尽管酒后吐真言没什么不好，但是一个成熟的男人，酒量、酒风、酒品、酒德，缺一不可哇！"

邱自力的领导第二天跟他说：

"项目没谈成，你小子失德了，比失足还可怕。"

另一件事，是邱自力有点小才，喜欢在我们重庆的报纸上写点时事短评，据说逻辑清楚、是非分明，读者比较喜欢。

写着写着，他就忘了自己是红尘中人，开始指点江湖，沧海一声笑。

有一天，编辑打电话给他说："小邱，领导让我和你打个招呼，去别的地方写吧，我们这儿是非多。"

很快，邱自力又变成了"套中人"，不与任何人交流，看不惯一切，接着，他又养了一只猫，他只和他的猫交流。有一年我去看他，他的猫阴阳怪气地绕着我转了三圈。

邱自力说："叫叔叔。"

我说:"有病吧。"

猫说:"喵呜。喵呜。"

邱自力除了爱猫之外,还有更爱的,当然便是杯中之物,这是他远离这个世界的另一条通路。每一天的中午到第二天的凌晨,他总是晃晃悠悠的,说着词不达意的话。四十岁开始,他的手一直抖,体检报告上总是有"心律不齐"的字眼,医生警告他戒烟戒酒,否则后果不堪设想。

邱自力说:"戒烟戒酒,那我活着干吗?"

最后的事实证明,酒精没有辜负他,最终带着他彻底离开了这个让他失望的世界。

邱自力工作后的三十多年,我们喝过两次大酒。

一次是在2008年的北京奥运会,我带着他的儿子和姐姐的儿子去看了闭幕式。回到重庆的时候,他请我吃饭,喝了不少,大家都散了之后,他不肯回家,拉着我接着喝,我想两兄弟也难得聚,就一直陪着他,结果,他不是要聊奥运会。

他说,"5·12"汶川大地震他跟着单位的人去支援了几周,那时候每天晚上睡觉的时候,总是听到有人哭,声音从山上飘来,从水中飘来,从建筑里飘来,从他的枕头里飘出来。

他每天都拼命干活儿,体力活脑力活,不挑不拣,一刻不停。他想如果连续干十二个小时,晚上睡觉的时候应该可以睡得像头猪一样,什么都听不见。

但是不行,还是有人哭。

他曾经提出,自己晚上可以不睡觉,继续干活儿,领导和同事都怜悯地看着他,这次他们没有当他是个"套中人"、怪人。

离开汶川的那天,他把身上的两千多块现金送给当地的一个年轻人,年轻人收养了很多死人留下的狗和猫。年轻人说:"我没有什么特别的祝愿给你,就希望你不要再听到晚上的声音。"

邱自力在夜深人静的时候总是听到有人哭,从四面八方传来,在他之后的十二年短暂的生命中。

还有次是2010年上海世博会,邱自力和同事一起来上海参观,晚上我和我的同事请他们吃渝信川菜,感觉他很高兴,不过很快就喝醉了,语无伦次。

喝完酒他跟着我回青浦的家住,A9公路正好堵车,开了一个小时。

回到家喝了点水,感觉他有点醒了,只是觉得坐车坐得好累,端着茶杯只说了一句话:"上海好大啊。"此后便沉默不语。

我说:"有个日本导演小津安二郎,拍过一个叫《东京物语》的电影,两个从尾道小城去东京探亲的老头老太,在东京的街头说:'东京好大啊,不小心走散了,可能一辈子都见不着了。'"

邱自力说:"嗯,上海也是,太大了,即使住在一个城市,一辈子大概也见不了几回吧?"

我说:"差不多。"

他说:"今天去看了沙特馆、英国馆、法国馆,累了,我想先睡了,都没给你买个什么礼物,就买了一张凡·高的明信片,我放在你床头了。"

我说:"哥,你见到我高兴不?我感觉你是高兴的,但你从来都不说,从小到大都是。"

他那天喝了酒,难得没骂我,还多扯了几句,他说:"要说啥子嘛,我高兴的。这个高兴,是想说又有点说不出来的感觉。不管哪个人都会喜欢自己的家人,但是我不大会说。不过,我一个人的时候,想到你很好,我就会微微一笑。如果听到你有什么不顺利,我就会皱着眉,你听得懂我说的吧?"

邱自力回重庆以后我才发现,他留给我的明信片后面还写了一句话:

"街垒之上,可有你梦想的自由之邦?"

这是《悲惨世界》音乐剧插曲的歌词,邱自力是个"套中人",但不是文盲。

1981年夏天的尾巴,考上大学的邱自力和我有过一次旅行,一生中唯一的一次,也算是庆祝他成为大学生。

他带我去了重庆巴南的圣灯山,十二岁的我后来还写了一篇《圣灯山游记》,获得了重庆市中学生作文比赛二等奖。

太阳还没落山的时候,我们在圣灯山的山谷里发现了一个水塘,很大,严格地说,是一个小小的湖。终于到了邱自力表演的时间,他像完全换了一个人,把衣服扒掉,只剩一条短裤,向我展示自由泳、蛙泳、踩水等各种技能。

"我为什么不会游泳,你从哪里学来的?"我的技能只有照看衣服。

"我有一天在长江边掉到水里,就学会了。"

"吹牛。"

"我没有吹牛,有些人掉到水里,淹死了;有些人掉到水里,就学会了游泳。有一天,万一你掉到水里,会怎么样?哈哈哈……"

一口湖水喷在我的脸上。

1981年的夏天,一定是邱自力生命中最快乐、最灿烂的时光,因为之后的四十年里,我很少看到他健康舒心地笑。此后的四十年里,失落和酒精完全控制了他的身体、情绪甚至思想,每一回烂醉之时,他总是贴在我的耳边说:

"看我们谁先爬上圣灯山顶。"

2020年的大年初五,几乎所有的中国人都待在自己家里,因为发现了一种新的病毒。

邱自力也待在自己家里,晚饭嫂子做了两个小菜,他一个人自斟自饮,喝到夜里十点来钟,去床上睡了一会儿,凌晨两点又爬起来,在客厅里转一圈喝一杯、喝一杯转一圈,一直喝到凌晨四点才去卧室休息。

这是他人生的最后一顿酒。

早上嫂子没有叫他吃早餐，让他多睡了几小时，等午饭烧好去叫他的时候，还未满六十岁的邱自力已经没有了呼吸。

救护车到后，医生检查了一番，说：

"死了。"

到底是心肌梗死还是脑梗死，需要尸体解剖才知道，我们放弃了，给了他最后的尊严。

2020年大年初七，邱自力的告别仪式有八个人参加，殡仪馆的规定是特殊时期不允许超过十人。我们正好也不敢告诉年迈的父母，希望匆匆结束算了，疫情防控期间，似乎每个人都很慌乱。

除了我。

我目不转睛地盯着棺材里躺着的这个人，如果他没有离开，我本来想在他退休以后，和他一起去爬一次圣灯山。如果他没有离开，我很想知道他到底怎样和猫交流。如果他没有离开，我一定要找到某一个非常幼稚的问题的答案——是我们改变了世界，还是世界改变了他和我？最后，如果他没有离开，我们一定会再喝一次大酒，喝酒的目的是：劝他少喝点酒。

告别仪式只有十分钟,殡仪馆的工作人员要把他的遗体推进火化炉的时候,热浪滚滚,炉火熊熊燃烧,他们转头问我:

"可以了吗?"

我的眼睛突然看不见了,我的耳朵突然听不见了,我觉得我的身体缩小、缩小、缩小,我又回到了圣灯山脚下,夕阳下的那个湖,湖水闪着金光,邱自力刚刚开始他的表演。

炉火烤着我的脸,几分钟之后,邱自力会变成一捧尘土,回到他来的地方,遗憾的是,我一滴眼泪都没有流出来,我又听见了一个微弱的声音说:

"毫无意义的人生。"

冬雨

你说,

我五十五岁还能找到个新工作不?

我们少年的时候,男生中流行一种叫作"斗鸡"的游戏,它的专业名称叫啥,不得而知。游戏内容是单腿直立,另一条腿盘在胯部,双手紧紧抓住大腿和脚踝,用弯曲成 90 度或者更小角度的膝盖与对手"搏杀"。

"斗鸡"这个游戏,尽管最终没有成为奥运会比赛项目,但是它的激烈程度,乃至残暴程度,并不逊色于梅西他们玩的那些花活儿。

至少有两种赛况是我这种细胳膊细腿的小个子最怕碰到的。一种是个子比我庞大一倍的对手,如果对方的弹跳再足够强大的话,他们呼啸而来,很多时候膝盖已经直接撞向你的下颚，结果会很惨烈，请自行脑补。另一种，对手身高并不占优，但是身材粗壮，如果还有罗伯特·卡洛斯或者马拉多纳那样的双腿的话，电光石火之间，他们会用膝盖把你腾空挑起，然后，你就会后脑着地。

尽管学校反复强调必须在体育老师监督指导之下才能玩这种游戏，但是，课间休息时的操场上，一大圈男生围在一起，一个男生像公鸡一样架起了单腿，嘴里一声吆喝：

"邱白鲢，出来与我赵子龙大战三百回合。"

我是不能逃避的，逃避会有更加可怕的结局。白鲢是一种鱼，"邱白鲢"是我的外号，因为我那会儿皮肤惨白。

赵子龙姓赵，他当然不叫赵云，也不叫马云，而是叫一个听起来很傻的名字。他在场上叫阵的那一天早些，从讲台上擦完黑板下来的时候，我在后面把他的凳子钩走了，赵子龙一屁股坐在了地上，咬牙切齿。

赵子龙比我高出半个头，抱着他的右腿像一只得了鸡瘟的公鸡一样冲向我，我吓晕了，有一瞬有些后悔去搞老赵了。

那天还飘着毛毛雨，是在冬天。后来有一首叫《冬雨》的歌，它是这样唱的：

> 为什么，大地变得如此苍白，
> 为什么，天空变得如此忧郁，
> 难道是，冬雨即将来临……

在赵子龙的右膝盖即将抵达我的心脏部位的时候，他的左脚滑了一下，然后，抱着我倒在地上，嘻嘻哈哈滚了三圈，一群男生骂骂咧咧地散开，"半个回合都没打成！"

2024年立春这一天的中午，我在重庆九十三岁的老父亲家里吃中饭。

父亲和我两个人吃饭，很少说话，一个剩菜都不许扔，第二天接着吃，剩菜吃完，新炒的菜都没怎么动，第二天接着吃新菜变成的剩菜，周而复始。剩菜就像我们两个愚公面前的大山一样，子子孙孙都吃不完。

赵子龙当年是不是真的脚滑了，没有人知道。但是，他在2024年立春的早晨，莫名预知了一个未来，未知而神秘，宛如窗外静静淌过的长江水。

赵子龙供职的这个民企，搞了很多年，离我们老家比较远，需要公交加轻轨才能到。以他的资历，早就应该当上公司前几号人物了。也许，问题只是在于，赵子龙的膝盖，总是在关键时刻放下来。

所以，干到五十五岁，还是个中层副职，管十几个人。他做的这个领域，跟建筑材料有关。老赵五十岁的时候就和我讲过一回，不想干了，累得很，酒局天天有，还要唱卡拉OK。他说歌厅里的姑娘，年纪跟他儿子差不多，臊得慌。他一共只有一首保留曲目——《冬雨》。重庆的冬天，"多云"的意思就是"雨加云"，应该让文旅委员会把《冬雨》评为市歌。

当然，所有的借口都不重要。赵子龙要继续累死累活的原因，乃是他唯一的软肋——儿子。他儿子在念大二，按照老赵的说法，儿子不是他儿子，是他爷爷，或者，是三国里面赵子龙的老婆，只为好玩就拿根针把老将军戳死了。最近，他儿子又正式通知他，说准备去国外读研，要去学AI，否则没得前途。

"那得不少钱哪！"赵子龙的冬雨又涌上心头，"那些房产公司根本就不给我们结项目的钱。"

老赵说："昨天晚上，公司管人事的老刘在饭桌上喝大了，说公司还要裁人，各部门都得裁，光裁年轻人还不够,不解决问题啊。"

对于裁不裁人、退不退休这档子烂事儿,赵子龙本来一毛钱兴趣都没有,但是自从那个 AI 梦出现之后,他开始像年迈的赵云将军那样,对曹真的来犯坐立不安了。

这个冬天一直飘着细雨,时不时来上几滴,让天气变得更加阴冷。天气预报说,大年三十开始,太阳就出来了,冬雨就要结束了。

那天晚上赵子龙昏昏沉沉地喊网约车回家,司机一直在打瞌睡。老赵说:"哎,我可以打瞌睡,你不可以哟,你睡着了我们两个都洗白了哟。"

司机说:"我可累惨了。"

赵子龙多了个心眼:"你开网约车一个月挣得了多少钱?"

司机说:"不好说,反正比以前好的时候少了三分之一,如今好多人都来开网约车呦!听你话啥意思啊?你是不是也想开?老哥你得有六十岁了吧?"

赵子龙说:"乱说,小心投诉你,我才五十五岁,外国人八十岁都还在开车。"

司机说:"老哥,那是开私家车,不是开网约车。"

立春的早晨,赵子龙七点钟准时醒来,身上还有点酒味,去卫生间冲了个澡,在羽绒服里面换了件新衬衫。

老婆说:"年轻了好多,人就是要靠衣装,特别是你这种中老年。来,弄了你最喜欢的肥肠面。"

赵子龙说:"吃不下,胃不舒服。"

老婆说:"我还煮了稀饭,喝点,暖暖胃。我们老赵最辛苦,等儿子出国读了研究生,学好AI,当了那个马斯克,还有那个黄世仁,我们也要出国去耍一哈,这辈子就去过泰国。"

赵子龙说:"人家叫黄仁勋,你娃儿的偶像,莫要乱俅说。"

从轻轨下来到公司的路上,有一条小马路,几个老头子老太婆在这里摆摊算命,"不准不要钱,准了随便给"。赵子龙停了下来,几十年都是第一个到公司,难得一天迟到也犯不了什么大罪,搞不好已经没有人关心他迟到早退了。

"瞎子"看他坐下来,扶了扶墨镜:

"兄长,你心事很重!"

赵子龙说:"没心事谁坐这来扯淡。"

"瞎子"说:"有缘人。"

赵子龙说:"你说说我有啥子心事?"

"瞎子"说:"点到为止,看破不说破。"

赵子龙说:"那就是啥也没看懂。"

"瞎子"说:"你看马路上这些开车的,后视镜很小,挡风玻璃很大,开车上路,首先要向前看,偶尔往回看,如果一直回头看,要出车祸。"

赵子龙给他十块钱,走了两步,回头说:"你讲的这个我好像在短视频里面看过。"

"瞎子"说:"呵!呵!呵!"

大老板基本不来公司,老刘的办公室永远人来人往,赵子龙的办公室,只是一个半开放的卡间,与老刘斜对着,老刘看不见他,但赵子龙可以观察到每一个进出的人。

从昨天晚上开始,赵子龙的心就不怎么踏实。老刘那张肥头大耳的油腻脸,以及怀孕九个月大小的肚子,昨天以前多看一眼都会影响到他在长坂坡冲杀的心情。

但是今天不一样,老刘探出头喊小章的时候,脸上全是不耐烦的表情。赵子龙猜:这人肯定是留下的,继续压榨中。老刘从洗手间回来的时候,脸上竟然出现了从未见过的一瞬间的表情，应该是怜悯还是什么，赵子龙猜：该不会，那是留给我的？

一个上午过去了，什么都没发生。

下午一点的时候，老刘挺着个大肚子走向他：

"饭吃没得，走，吃小面去。"

公司旁边的小面店开了二十年，不到下午两点不会有空位。等位的时候，赵子龙二十年来第一次仔细研究这家小店，一百多平方米，门口再加了几张桌子，十五到十八块钱一碗，一天能卖多少？五百碗？一千碗？如果是五百碗的话，一天有七八千块钱收入，一个月不休息的话，得有二十多万，去掉食材、房租、人员开支，少说得有五六万赚头吧，很不错啊……

猪肝面几分钟就吃完了。老刘撕了一堆的餐巾纸抹嘴上的油，猪肝很嫩，看得出他很满意。赵子龙说："我吃不下，胃不舒服，我的猪肝你也拿去吃了不？"老刘说："不了不了，够了够了。"

"老赵，我想跟你说个事情，在办公室讲不大方便，只好到这里来讲。"

赵子龙心里还在算，我老婆的肥肠面不会比他家的猪肝面差，只是老婆已经退休五年了，也不知道还干得动不?

老刘似乎研究过很多种交流的办法,最后还是选择了最高效的方案。"就是,公司的情况,你应该比我还清楚,简单直接地说,就是,公司决定把你裁了。反正该怎么赔就怎么赔,按劳动法来,大老板说,你也是老员工,多加一个月工资。"

老刘一直拿纸巾擦他的嘴,脸上一瞬间又闪过上午那个可怜而狰狞的表情。

"你看,唉,我净干这种事情。希望你能理解,也跟家里好好沟通一下。"

赵子龙说:"我没得问题。就这样吧。"

从小面店走回公司,两三百米路,老刘一直用手搂着赵子龙的肩作安慰状,让他生理上很不舒服。老刘讲了一万句安慰的话,赵子龙点了一万次头。想想,反正也是最后一回了,就这样吧。

赵子龙想起前年春节自己还带着十几个员工去一家房产公司讨钱,人家不给,他们十几个人带了铺盖,就睡在人家公司的大厅。警察来了,发现这事儿解决不了就走了。临走前领头的警察也是这样搂着他的肩,说了一万句安慰的话。

其中一句是:"事情闹太大了,传到网上就不好了,就变成舆情了。"

赵子龙想,今天刘胖子把他约到小面店谈,应该也是这样想的。

离职的手续几分钟就办完了。整理个人物品的时候,发现除了几张旧报纸,两包烟,一个保温杯,还有一套龙年的挂历,不知道什么客户送的,都已经2月4日了,倒是忘了拿回家挂起来。这半辈子,怎么就这么点东西?赵子龙想,这样也好,这样回家老婆都不会知道他失业了。

把报纸扔进垃圾桶的时候,发现上面有一条小新闻:

"美国南卡罗来纳州十五亿美元彩票巨奖在开奖数月后,终于被领走了。得主透露当天购买彩票的细节,曾礼让别人插队——这是好人有好报最骇人听闻的极端案例。"

赵子龙回忆起"瞎子"的笑声:"呵!呵!呵!"

一层楼七八十号人似乎都不知道老赵被裁了,赵子龙一个人等电梯的时候,琢磨着是不是应该有个告别,但是,和谁告别呢?怎么告别呢?

哦对了,也许可以走到办公室中央演唱一首《冬雨》:

不要再编织美丽的哀愁，

不要再寻找牵强的借口，

因为你的眼，哦，因为你的眼，

早已说明，早已说明……

可能会有掌声，稀稀拉拉、没精打采，大家会像歌厅里的姑娘，各怀心事，眼神空洞。

赵子龙头也不回地进了电梯，心里又在嘀咕，AI 到底是个什么鬼东西。说是要改变未来五十年，改变世界格局。看来，儿子也不是完全瞎说，至少，改变他赵子龙了。

立春的下午，我在重庆小镇的老父家里，接到了一个微信语音通话，约我在马路对面的咖啡馆坐一坐。这十几年，我和老赵一共没见过几次，朋友圈里偶尔知道一下行踪，但是以这样的场面重逢，实在是糟糕透了。

随后，赵子龙把这一天发生过的每一个细节，像做笔录一样地唠叨了很多很多遍，紧张的表情似乎是生怕因为遗漏什么而被判重罪。

"你说，我五十五岁还能找到个新工作不？"

"难,可能性接近负数。"

"我想先不要告诉老婆,等有了办法再说?"

"办法应该一起想吧。"

"你说,我们这个年纪,还要最后去挣扎一下,惨不?"

"实惨!"

"那,作为我们班的状元,你有一点啥子建议没有?"

"我有个啥子建议,建议都被你讲完了。"

"老邱,你的思想工作做起来比刘胖子还简单粗暴。"

"老赵,我倒是想起来高考前我们一起干的坏事儿,还有我哥,1986年,墨西哥世界杯决赛,阿根廷3:2赢了联邦德国。过两天就是高考,我哥当时还说高考哪一年不能考,马拉多纳当球王可就这一回。你还记得不?你竟然深夜溜到我家来看球,简直疯俅了。"

"呵呵,你的警察爹开始想把我们枪毙了,后来又莫名其妙地坐下来一起看,还喝啤酒。"

"制胜球哪个进的?"

"布鲁查加噻!"

"哪个传的?"

"除了马拉多纳还能是谁。"

"第几分钟?"

"第……八十几分钟了吧?总之准备加时了。"

"第八十六分钟。说明了啥?"

"啥?"

"说明了是男人就拼杀到最后一秒。"

漫长的沉默。

在立春的傍晚。

我说:"去江边走走好不?"

我们走到江边跑步的塑胶跑道上停下来,我脱掉羽绒服说:"来,再来一盘,让你发泄一下。"

赵子龙说:"干啥子?"

我说:"斗鸡,我要跟你赵子龙大战三百回合。"

赵子龙扒下羽绒服:"你个憨娃儿不要后悔!"

大个子架起右腿像瘟鸡一般冲了过来,最后一秒钟,五十五岁的少年又扑倒在我身上,在两件羽绒服上滚了三圈。

冬雨又飘落下来……

小徐,快跑

也许他微笑着,也许他仍在挣扎,都不要紧,
我们每个人何尝不都是在挣扎中求生存,
在无人喝彩时埋头向前。

在西雅图飞上海的航班上,所有的电影都没有字幕,中文英文都没有,我只好又看了一遍《阿甘正传》,不记得这是第八遍还是第九遍看了。

羽毛飞起来的时候,乘务员老阿姨在我的屏幕前停留了一秒钟,说:

"如此美妙!"

好像是从某一部抗战神剧开始,有一句话流行起来,叫作——只有永远的利益,没有永远的朋友。

有个拿了大奖的中国作家说:"如果你没有了价值,

就算你是只善良的猫，别人都嫌你掉毛。"网友留言说："讲得真好，人间真实。"

这个理论彻底击碎了我半辈子的三观。

很小的时候，我们喜欢一个叫冉阿让的人，他的价值最后只有两个字：悲悯。

成年以后，我们喜欢上另一个人，叫福雷斯特·甘，他的三观有好几个重要词汇：诚实、守信、不求回报。

很多年前，我刚刚认识下面这个人的时候，总觉得他很像一个人，但是我从来没有提起，因为，毕竟电影里的阿甘智商只有七十五。

但是在我的心里，一直有一句话为他反复念叨：

"跑！小徐！跑！向前跑！"

这个人，叫小徐，重庆人，周围认识他的人都喜欢叫他徐总。

小徐从报纸时代就和我们在一起了，他写的打工爷爷的故事令人动容，还拿了新闻奖，至于是什么新闻奖，我确实已经记不得了。

小徐几年前就失去了工作。失去工作这件事，我们在几年前习惯叫它"跳槽"，媒体人大多都是"习惯性跳槽"患者，只是到了这一两年，大家才尴尬地发现，原来这件事是叫"失业"。

小徐这个人，我研究了他二十年。如果有八个人一起出去耍，那八个人的包一定都背在他一个人身上，有一回我说："恁个啷个好意思哟？"

他太太说："他习惯了，你不喊他背他浑身不安逸。"

事实就是这样，那回是我们一堆人去爬山。我有个小包，里面放了手机和身份证，我一直攥在手里，小徐就一直盯着我：

"老邱，你累不累？"

我说："才爬了一百米，我累个锤子。"

小徐说："那你把包给我拿嘛。"

每移动五十米，小徐就问一次拿包的事，我只好把包交给他，小徐就欢乐地跑到前面去了。

小徐家老人生病住院，他去照顾，顺便又把同病房的一个没人管的老婆婆照顾起来，吃饭上厕所，小徐全都包了，老婆婆出院的时候感动到痛哭，喊小徐叫"小雷"，雷锋的"雷"。

小徐做了这些好事之后身心很愉快，但是他有个不好的习惯，就是很懒，不像雷锋一样记日记，也不发朋友圈，所以直到有一天他请我们去吃鸡，一只乌骨鸡，烧了汤，啥作料都不放，仍然鲜得我尿酸升高痛风差点发作，小徐才说是老婆婆从农村寄来的。

小徐说："晓得不，最好的乌骨鸡在哪点？贵州赤水。"

小徐说："哪天我活不下去了，就把房子卖了去养乌骨鸡。"

2023年3月份，我还在波士顿，小徐突然就失联了。

7月份我回重庆的时候，他来接我，人瘦了两圈，黑得像肯尼亚人，跟我握手的时候，我像是握着一块石头！我说："你搞啥子灯啰，是遭弄到缅北去培训过了嗦？"

小徐说："3月份的时候，我凑了一些钱，去贵州赤水包了一座山，开始养全世界最好吃的乌骨鸡。"

我说："一个人？一座山？"

他说："差不多吧。现在有了两三个村民帮忙。"

晚上我住在家里陪九十三岁的老爷子，没事读读鲁迅大先生，大先生说，凡事以理想为因，实行为果。

老爷子经过我的房门："在读啥子？"

我说:"读鲁迅,也就是周树人的书。"

老头说:"晓得,周树人耍笔杆子,你们这些小崽儿,最应该读读小徐这本'书'。"

我在盛夏的7月去了赤水的大山里,两个字:凉快。

小徐在山脚等我们,他身后是巨幅标语,由他亲自写下的一句口号:

"养好一只鸡!"

山很大,开车要半个小时才算看完,然后我们坐在山腰的平台上喝茶聊天,一个字:爽。

小徐说:"你们晓得我3月份来的时候是啥子样子不?是一座荒山,大树野蛮生长,遍地野狗,有二十几种毒蛇,只有一间村民遗弃的破土房。那时很冷,晚上冷得打抖抖。还有,没得网络,手机没得信号。我一个人开了一辆破车进山,晚上想,嘞回糟了!"

小徐说:"那个话是啷个说的哎?"

我们都举手:"叫筚路蓝缕以启山林。"

小徐说:"文化人!"

第二天开始,著名媒体人小徐就变成了一个野人,一个人开启山林。

小徐讲到开山劈林的时候，唾沫横飞："有一天，我在一棵树上砍树枝，看，就是那棵，十来米高，突然，脚下的树枝断了，那一下要是摔下来，我逗要埋在春天里了，说时迟那时快，我直接就'飞'到了边上那棵矮点的树上吊起，晃了好久才慢慢爬下来。哎呀，那回把我嘿哈了！"

小徐说："长这么大我都不相信人是猴子变成的，从来没有看到哪个动物园的猴子变成人，但是那回我相信了。"

我们的老同事小罗说："我们带了相机，干脆再来一遍，我们拍下来。"

我说："再来一遍人就要变成猴子了！"

小徐用他石头般的手，一直摸着心口，抚摸着从春天到夏天的点点滴滴。

很多年前，一个外地的公司在这座山上养过鸡，但是做垮了，而且他们走的时候，与附近的村民闹得很不愉快。

小徐刚进山就发现了，连续吃了一周的方便面后，他希望能问附近的村民买点蔬菜，但是没有人卖他。

小徐说:"除了开启山林,另一件更重要的事情,逗是要搞好群众路线,我是红军,不是白狗子。"

小徐的小破车开在山路上,碰到有村民就停下来:"爷爷,你要去哪点?我带你。"

爷爷说:"要钱不?"

小徐说:"要啥子钱啰,我像是恁个不耿直的人嗦?"

免费带一回人容易,难的是这个叫小徐的人永远都免费捎上村民一程。

一段时间过去了,村民们都在议论,小徐这个人,真是好人啊!

又过了一段时间,村民送来了蔬菜、水果,还有水塘里的鱼。

"不要你的钱。"爷爷奶奶说。

小徐说:"那不可以!"

小徐说:"你们想致富不?"

"想噻!"

"那我带你们养乌骨鸡,我嘞个鸡要求比较高,你们要听指挥才得行。"

"你说啥子逗是啥子嘛!"

秋天的时候,小徐已经被评为乡村振兴的模范了。

小徐养鸡很认真，不晓得啷个描述，有点像传说中那些手工制琴或者做什么包的。

我的同事小黄说，小徐打电话找他帮个忙，结合小徐拍的乌骨鸡的照片再用 AI 画幅画。

小黄也很认真，还输入了徐悲鸿、齐白石这些画过鸡的名画家的作品，AI 制作完成之后，小徐不满意。他说：

"他们画的那个鸡冠都是红的，我的鸡，从头到脚没有一个地方不是黑的，所以才那么好吃。"

在小徐山上的办公室里，我发现腾讯以及深圳大学计算机和软件学院都派人加持了他的乌骨鸡养殖项目。

我说："啷个恁个先进啰？"

小徐又唾沫横飞地讲了半个小时，什么全息跟踪之类，我听了一知半解。

老同事小程说："老邱都年过半百了，你隔壁办公室那些计算机系的娃儿才十八九岁，老邱啷个可能听得懂嘛！你搞两只年龄大点的鸡炖起，他马上逗听懂了。"

鸡汤端上来的时候，我心虚地说：

"我尿酸有点高，四百八。我就喝一碗尝尝，这是小徐的心血啊！"

小徐说："尿酸四百八还可以噻。"

我说:"那要不再来一碗,确实比较鲜,其实难得吃一次,可能喝三碗也不要紧啰。"

我和小徐在山上散步,他说:"你在美国的时候,我这里没得网络,所以联系不上。"

"你晓得不,那段时间,很多次想要放弃了,可是就连想放弃这句话也没有人可以说。"

我说:"然后……"

小徐说:"我后来想出了一个办法,在手机里录下每天想说的话。"

我说:"这不是契诃夫嘛,没人听车夫的忧愁,只好跟马说。"

小徐说:"你不介意的话,我可以放给你听听。"

黄昏的夕阳下,一股凉风吹过来,我头皮发麻。

"我会不会死在这座山上,难说……"

"原来,累不算最可怕的,孤独才是,今天想和搭车的奶奶说两句话,她耳朵不好,听不清……"

"现在平台把收购价压得好低,大家都不容易,我这个养全世界最好的鸡的梦是不是个白日梦……"

"今天接到一个大单,喝半瓶啤酒……"

"读了一句名言,'鹰有时候飞得比鸡还低,但是鸡永远飞不了鹰那么高。'嘿嘿,但是鹰可没有鸡那么脚踏实地!"

夕阳下,我和小徐紧紧拥抱!

很多年以前,读过韩少功先生写的文章,他说,等他在弥留之际,会感谢很多,其中,他要重点感谢猪,因为作为一个南方人,他这一生吃了太多的猪肉了。

我,要感谢鸡,作为一个重庆人。

我们这一生,吃过辣子鸡、泉水鸡、口水鸡、猪肚鸡、南山鸡、黔江鸡……以及重庆人小徐养的赤水乌骨鸡。

鸡是为我们做出过重大贡献的群体。

韩先生说,当然,大自然也是公正的。

终有一天,我们将会变成腐泥,滋养我们广袤的大地,也许会偷偷潜入某一条根系,某一片绿叶,某一颗饱满的果实,让一切曾经为我们做出过牺牲的物种有机会大快朵颐,最终知道人类并不是忘恩负义的家伙。

这是永恒的轮回,就像所有的付出皆有报答。

夏天的时候,我们约定冬天再赴赤水。

我说:"你要是想知道我在波士顿想些啥,推荐你读一本黄仁宇的书,叫《黄河青山》。"

小徐说:"我可能没得时间读书。"

我说:"总之书名的来历就是,'梦魂未曾归故里,黄河依旧绕青山'。我们的接头暗号就是,'梦魂未曾归故里,赤水依旧绕青山'。"

阿甘在华盛顿的反战集会上讲话时,麦克风插头被拔掉,电影观众无法听到他讲话的内容,当时他说的是:

> 有时候有些人去了越南,回去看妈妈的时候,没有腿,还有些人,最后没有回去,这是个坏事情,这就是所有我想说的。

《阿甘正传》里有句著名的台词:"妈妈说生活就像一盒巧克力,你永远不知道会拿到什么口味的。"

我和我的兄弟小徐挑到了同一个口味:炽热。

冬天来临的时候,我已经准备好行囊,从上海奔向那个炽热的约定,也许他胖了,也许他更瘦了,也许他微笑着,也许他仍在挣扎,都不要紧,我们每个人何尝不都是在挣扎中求生存,在无人喝彩时埋头向前。

红尘滚滚,愿你我无悔此生。

黄辣丁

我们在这条路上经历险境，
寻找友谊，认识自己。

女儿上小学前的最后一晚，我突然想起自己的小学，还有遥远的重庆乡下那个叫黄辣丁的小学生。

村上春树曾经说："我们在学校里学到的最重要的东西，就是明白了最重要的东西不是在学校里学到的。"大意如此。

我们读小学的时候，父母是从来不接送的。从我家走去念书的小学差不多要一小时的路程，路上要经过十几户农民家，白老头家巨大的土狗永远在木栅栏里冲着我狂叫，这是清晨的噩梦。王老太婆家最安静，因为只有她一个人，她老公是国民党的小官，日本人轰炸时给炸死了。

王老太婆的邻居就是黄辣丁家，黄辣丁真的姓黄，但是自从他开始直立行走之后，就没有几个人记得他叫黄什么了。他身材干瘪瘦小，永远鼓着两只不会聚焦的鱼眼睛。

如果以今天的标准来看，黄辣丁会有一点自闭的嫌疑。他几乎是不讲话的，有一次班上最调皮的三个男生欺负他，把他耳朵都打出了血，他也只是用逃学两天并被罚站三小时来解决。

黄辣丁每天上学都会迟到，因为他每天都有一个艰巨的任务，帮邻居王老太婆把卖菜的背篼背到镇上的菜场，这一趟足足要用掉他半个小时的时间。他每天从教室的后门神不知鬼不觉地"游"进来，像一条真的鱼一样。

小学三年级的时候，学校规定七点半进教室前要背诵"老三篇"：《为人民服务》《纪念白求恩》和《愚公移山》。班主任规定最早到的两位同学搬着长条凳坐在教室的门口当考官，每天随机选一篇让其他同学背诵。

从一年级开始就是好学生的我，实在是爱极了考官这个角色，所有的虚荣心都在指出同学的错误以及批评他们不认真的过程中得到了极大的满足。为此要我清晨六点出发上学也在所不惜。特别是有一天当黄辣丁背诵出"张思德同志是加拿大共产党员"的时候,我无情地批评他:你这样下去就是我们班的老鼠屎。

当时黄辣丁看我的眼神就像看到老师一样害怕和无助。

不过第二天早晨,感觉良好的小考官就出了状况。漆黑一片的上学路上,白老头家巨大的土狗竟然冲了出来,将我扑翻在地,我拼命呼救了几分钟后,一个比我还小的身影跑了过来,放下背篓,捡起两块石头,拼命地砸这只失控的大狗。白家的狗逃掉了,不过黄辣丁的小腿却被咬了一口,还出了血。

我从地上爬起来,惊魂未定地问他:"疼不?"

黄辣丁摇了摇头,说:"一会儿去镇上涂点紫药水就好了,你快去当考官吧,你为什么每一篇都背得那么熟?"

那一天黄辣丁是彻底迟到了,自从开始背诵"老三篇"以后,后门也彻底关掉了。他从前门溜进来的时候,班主任放下语文课本,说:"你,没有资格上课,去走廊背诵《愚公移山》,两个小时。"

"愚公下决心……率领他的儿子们……要用锄头挖去

这两座大山。有个老头子名叫智叟的看了发笑,说是你们这样干未免太愚蠢了……"

那一天走廊里,吞吞吐吐、无穷无尽的川音普通话,可笑而悲伤地弥漫着,仿佛冬日早晨的一场浓雾,淹没了小考官来时路上的万丈雄心。

横亘在"好学生"人生路上的,有两座大山,一座叫作虚荣,一座叫作怯懦,最锋利的锄头也未能将其铲除。

1986年,小考官如愿考出了重庆市文科第一名的成绩,差学生黄辣丁什么都没考上,回家务农。

但是,这当然还不是故事的结尾。

三十年后的春天,我和儿时的伙伴们一起去吃了一家鱼庄,鲜嫩麻辣,爽快得很。小伙伴说:"知道是谁开的吗?黄辣丁,我们的同学黄辣丁。你知道他家有多少连锁店吗?二十八家。你知道这些鱼庄每年挣多少钱吗?呃……反正他有一辆奔驰大G,你知道黄辣丁做生意的本钱哪里来的吗?"

有这样一种说法,说是1988年王老太婆去世的时候,只有黄辣丁一个人照顾着她,然后她留给黄辣丁一个空背篼。背篼的底部,掀开蓝色的布头,是五根金条。王老太婆从来不放心把金条放在她的破房子里,每天用布包着,放在背篼里,从旧时代背到了新时代。黄辣丁七岁半就背着这个背篼,无数次地抱怨,这点菜怎么这么沉……

我们在醉意中致电黄辣丁求证这个传言,黄老板正在家乡的山坳里务农。电话那头传来阵阵不屑的笑声,"中国式成功学!我看再多的金条都比不上每一条鱼都是新鲜的。"他顿了顿又说,"不过,王老太婆的背篼是真沉啊……"

1975年,我们曾经的上学之路,要穿过大片的稻田,要走过摇摇欲坠的小木桥,要渡过夏日湍急冬日干涸的小河。我们在这条路上经历险境,寻找友谊,认识自己。

佛陀说,你永远要感谢那些给你逆境的众生。

第二章

重 逢

每一个绝望中活着的你我,

每一个渴望中离去的健哥,

都需要一首凡人歌。

所有我们看不见的光

也许它已经不那么耀眼、光芒万丈,
但是,它还在,平淡无奇、抚慰人心。

这是一个普通的故事,可能在你身边俯拾即是,但又弥足珍贵。

仿佛上班途中行色匆匆的路人给你一个真诚的微笑,或者从商场出来的时候前面的人,替你扶了一下即将关上的玻璃门,又或者,高铁上坐在前排的人观察了你的行李后,自始至终没有把他的座椅靠背放低。

这些细节很重要,一个族群成色几何,这些都是必答题,至于我要讲的故事,可以作为加分题。

我是重庆人,1990年大学毕业后留在了上海《文汇报》工作，工作了两年，1992年的某一天，政法部的Y老师找我，说要给我介绍女朋友。我说："我有女朋友的。"Y老师说："报社年轻人都说你追求的上海女同学没看上你。"

我说："他们晓得个锤子。"

老头说："别硬撑了，人家说那女孩子都要出国了。"

我捶胸顿足："好事不出门，坏事传出国。"

老头摸出一张照片说："姑娘跟你一样大，合资企业工作，上海人，家里独女，条件可以的。"

我看了看照片说："这长得也太善良了吧……"

老头有点急了："哎呀，说实话，我也在求她父亲帮点忙，你要不去见一下，成不成再说，侬就当帮我老头子一个忙。明天中午十二点，南京路德大西餐馆。"

1992年，我才不到二十四岁，Y老师我不好得罪的。

中午在德大西餐馆刚坐下，姑娘就到了。那年头手机微信啥都没有，很不方便，还好提前看过照片，我见她一进入门就拼命招手："这里……"

柳云龙演的那些电视剧接头的时候估计也这样："请问，暗号是……"

"Y老师!"

"同志,我姓邱,你叫我邱记者就行,您贵姓?"

"免贵姓钱,缺钱的钱。"

得!罗宋汤和炸猪排估计都得我买单了。

然后我们就开始吃,主要是吃,偶尔搭两句话,整个相亲的主要矛盾是,邱记者条件很差,长得又矬,又穷,然后还没看上对方的长相,男人啊,活一万岁都没人真心相信心灵美。女方条件也算不上好,长得淳朴不说了,对我的收入、分房啥的打听得仔仔细细。

当中还问:"你多高啊?"

我说:"一七五。"

钱姑娘说:"瞎七搭八,一六八最多了。"

我默默地喝着罗宋汤惭愧地说:"我有一六八真心天打雷劈。"

一顿饭吃了三刻钟,情况已经很清楚,双方都没瞧上眼,而且双方都承认自己是癞蛤蟆(钱姑娘先提出这个观点的),但是都想吃天鹅肉,急起来唐僧肉都想吃。

钱姑娘说:"我就喜欢童安格那样的,风度翩翩,又有创作才能,钱肯定也不少赚。"

我说:"那是,我跟童安格差距是有点悬殊,不过他唱歌嗲叽叽的。"

钱姑娘说:"那你喜欢什么样的?"

我说:"我就喜欢林青霞那样的,长得又好、身材又好、皮肤又好。"

钱姑娘说:"口水擦一下。"

我说:"你平时有点啥娱乐?"

钱姑娘说:"我不读书,骗你是小狗。我平时就听听电台的流行歌曲,还有短波里的港台流行歌。"

我说:"总算找到一个共同爱好,不容易。"

买完单后,我们就告别了。临走前,钱姑娘在纸上写了个座机号码给我,说是她家的电话。

"谢谢你请客。你一个人在上海不容易,有什么需要帮忙的可以打电话。"

我说:"夏夏(谢谢)侬,咱生意不成仁义在。"

"上海人"的发音要叫"上海宁"。

我在上海生活了三十七年,有人说上海宁排外,我觉得还好,准确地说,是至少不排斥素质高的。

上海女人也挺好,怎么个好法,会打扮、讲情调、会过日子,这些都还不算核心价值。

有个叫谷歌的公司,它的口号说:不作恶。上海女人也有个重要特点:有底线。

1992年的时候,邓小平同志南行,发表了重要讲话。

这一年夏天,《文汇报》驻北京站传来信息说,邓公可能还要北行,东北三省,建议总部派记者先去打前站。

我和乐先生被挑选出来,第二天就出发了。

我俩在东北转了两周,跟没头苍蝇似的,没有任何消息。

有一天在沈阳,天气非常热,我从来不知道东北夏天会这么热,旅馆房间里没空调,俩男的光着膀子穿条短裤挤在一个房间里,互相嫌弃。

乐先生也是收音机发烧友,百无聊赖的时候,他在短波里搜到一个台湾地区的信号,叫作"中广流行网"。

一个女DJ说:"现在我们向各位听众介绍女歌手孟庭苇的新专辑,主打歌的名字叫《冬季到台北来看雨》,请欣赏。"

那是我一生中听过的最清凉的歌,直接浇灭了沈阳35℃的高温。

2016年初的时候,我还在体制内的老单位。

有一天去北京参加一个论坛,一上飞机坐下来,就觉得旁边一个中年妇女老打量我。

飞机刚进入平飞阶段,周围安静了一点点,一个遥远的声音从右边飘过来:

"还是喜欢林青霞?"

晕晕乎乎中脑子里闪过至少三十秒的画面,我才定格在德大西餐馆。

"喔哟,童安格夫人!"

前后两排对这两句对话回应了一点轻微的骚动。

"我姓啥还记得不?"

"你缺钱呀,还能姓啥?我姓啥你记得不?"

"呵呵,我订了《东方早报》的。"

我们一起出机场的时候,一个戴着白手套的男人在出口等他口中的钱总。

钱总说:"侬怎么走?"

我说:"去叫车,住在国贸。"

钱总说:"我送你吧,介意不?"

我说:"这有什么好介意的,走!"

司机明显是训练有素的，上车帮我挡着头，经介绍后一口一个邱总咱出发了，邱总水和咖啡都有，邱总温度如何？

我说："你就别邱总了，咱听听钱总聊聊她怎么从缺钱变成不缺钱的。"

司机说："您看哎呀，我就是改不了嘴碎的毛病，钱总都批评我好几回了。"

钱总打个哈欠，把在飞机上看的一本书放进她的爱马仕包里。

我说："高铁上好多假的爱马仕，八百块一个那种。"

钱总说："姓邱的，你毛病也是同一个，嘴碎。"

一路无语，两个男的都怕挨钱总骂。

我先到了，钱总跟下来，说："去喝杯咖啡吧，都二十四年没见了。"

钱总说她有两个二十年，结婚二十年，下海经商二十年，生意做得挺成功，女儿去年上了大学，按说一切都挺好的。

唯一遗憾的是，2006年的时候，比她大十岁的老公查出患有心脏病，还动了二尖瓣手术，但是手术后的情况比较差。

严重点说，感觉整个人都废了。体重从一百六十斤降到了一百斤，像一个纸片人，稍微一动就喘得直不起腰。

2006年的时候，老公对她说："你才三十八岁，还有大把的人生要过，我勿要再拖累侬了。"

她说："你把我看成什么人了。"

2009年的时候，她老公又进了ICU，所有的人都在想，也许，老公终于解脱了，钱女士，也终于解脱了。

但是，奇迹一直发生，老公又一次挺了过来。

只是，仍然处于一种极端虚弱的状态。

她说："唉，哪有完美的人生，完美的都是假的。"

我喝了两杯咖啡，一句话都说不出来。

她说："1992年的时候，我们看重的东西，现在看来，不值钱啊。但是，不经历这些，二十四岁的年轻人又怎么可能悟得到呢？"

钱总走的时候，把包里的书拿出来，说很好看，她看完了，送给我，说她四十岁后改读书了。

这本书叫《所有我们看不见的光》(*All the Light We Cannot See*)，是普利策奖的得奖作品。

什么样的好故事才能配得上这么好的书名呢?

一个叫玛丽洛尔的法国盲少女和叫维尔纳的德国少年有一个共同的秘密,通过短波收听一个法国教授讲述科学知识,讲述"一切美好和真实的东西"。而在纳粹德国,私下收听秘密电台是死罪。

玛丽洛尔在二战后期接手了教授的电台,用于向盟军传递法国海岸线的情报。德国少年维尔纳作为技术天才被纳粹征召入伍,负责搜寻这部电台。

最后的结局,当然是维尔纳为了保护"美好和真实的东西"而倒戈,击毙了他的上级并向盟军投降。

但是战争的疯狂完全摧垮了尚未成年的维尔纳的身体和灵魂,他已经弱得像个纸片人,并在一次漫无目的的奔跑中踩中地雷,最后变为尘土喷涌而去。

我加了钱总的微信后跟她聊了一次天。

她说:"很多人都认为这本书的结局很不合理。最好的结尾应该是维尔纳爱上了盲女玛丽洛尔,在战争结束后过上幸福的生活。"

我说:"我就是这么想的。"

她说:"我可能心理有了问题,好像只有我一个人觉得，这是最好的结局。或者说，这是唯一的结局。"

2018年的一天，她发了一条朋友圈，大约是毫不避讳说自己已经五十岁了，人生跑过了半场。

庆祝的方式是陪着她老公到小区里转了半个小时，阳光很好，老公的身体有了非常明显的恢复。

"这是最好的生日礼物！"

"接下来，把工作交给年轻人，带着老公到处走走，看看外面的世界。"

2023年，美国流媒体巨头网飞将《所有我们看不见的光》制作成四集网剧。

这是我在这一年看到的年度最佳，震撼程度超过了其他所有影视作品。

看完之后我突然想起来给钱总发一条微信：

"嗨，网飞拍了那本书，你知道吗？他们没有让维尔纳死，还让他和玛丽洛尔深情拥吻。真是顺应民意啊！"

当天中午，钱总打了个语音电话给我。

她说："去年底，那一拨，我老公也未能幸免，本来就有基础病，在家里挨了两天，最后还是决定送医院，在医院只待了一天就走了。"

她说:"在家里那两天,我老公一直发烧,他在手机上看了很多东西,然后,他似乎已经确信自己过不了这一关了。"

那两天,就两个人在家,孩子在国外读研,家里阿姨也请假处理自己家里的事了。

两个人聊了很多很多,似乎想把这一生要说的话一字不落地说完。

其中有一个细节,她说:"很私密,但也很释怀。"

老公对她说:"记不记得2007年的时候,我和你开玩笑,说你个公司董事长天天也不出去应酬,生意能做好吗?"

她说:"记得。"

老公说:"我的意思就是,我已经从心理到生理上都是一个废人了,我已经耽误你太多了,其实,你自己要改变任何生活的方式,我都毫无怨言,甚至会真诚地祝福和感动。"

她说:"我第一次就听懂了。所以,除了必需的出差,一年两三天吧,其他时间,我是朝九晚五,永远回家吃饭,你知道为什么吗?除了我对你必须尽到的责任,付出的爱，我还有一个很自私的想法，我要让那些阴阳怪气的人、那些见不得别人好的人、那些议论'钱董事长也有今天'的人，都得知道，陪着你，我就是幸福的。"

"当然，最后的最后，"她说，"我发现，这个想法不自私也不怪异，或者说，这就是人的生活，最简单的生活，正常人的生活，当然，也是宁静和幸福的生活……"

她跟老公说："我这半辈子要说有个啥成就的话，四个字：没有放弃。"

她的老公在平安夜离开，一脸微笑，最后时刻说：

"侬一定要活得幸福，活得快乐，否则，对不起我们受的那么多的苦。"

"秋天的小提琴，那长长的呜咽，用单调的忧郁，刺伤我心。"

玛丽洛尔在向盟军发送情报的时候，收听到的BBC广播的重要信息，就是这首魏尔伦的《秋歌》，它告诉所有的抵抗组织，盟军将在D-day于诺曼底登陆。

很多年前，我第一次读《秋歌》的时候，还是在《东方早报》的初创时期，所有的一切都生机勃勃，我还把它用于《东方早报》的征订广告。

很多年以后,再次听到魏尔伦美好的诗句,关注的是所有我们看不见的光。

当然,无论如何,还有光以及善良和爱。也许它已经不那么耀眼、光芒万丈,但是,它还在,平淡无奇、抚慰人心。

冬天的时候,我们约在上海延平路的小咖啡馆喝咖啡。

钱女士说:"忙活了一年,企业的销售倒有增长,很感谢你曾经发给我看的那段扎克伯格接受采访的视频,其中一句很有共鸣:乐观者容易成功,悲观者往往是对的。"

我说:"意思差不多就是正确地失败,盲目地胜利,也不是没道理。"

钱女士说:"女儿张罗着给我介绍老伴,让我重新开始,对方条件不错,比我还小两岁,人也高高大大的。就是我这岁数再弄这么一出,也不知道妥不妥?"

我说:"又相上亲了!"

钱女士说:"人家对方还没给回音呢。我这条件也实在一般,五十五岁的丑老太婆,该不会是看上我的钱了吧?"

我说:"网上说的,自信点,把'该不会'仨字儿拿掉。"

啪!咖啡杯毫无意外地敲在桌上。

"姓邱的,你是一嘴的烤瓷牙也吐不出颗象牙哈!服务员,买单!让这个又穷又酸的戆男人买单!"

愤怒的高跟鞋在延平路的寒风中叮叮咚咚敲了十几米,想了想又折回来:

"侬一个人在上海打拼不容易,需要帮忙就开口哈……"

流动的圣节

你就是这样的人，
你们都是这样的人。

1960年，一个叫欧内斯特·海明威的人写了一本非虚构作品，英文叫作 *A Moveable Feast*，记录他1921年至1926年在巴黎的生活。

1986年我念大学的时候，复旦的文科图书馆里已经有了中文的译本，名字叫《流动的圣节》。

那个冬天我还未能适应上海的阴冷以及非常倒胃口的复旦食堂。我最爱的女老师 Miss Z 发现我课后尾随着她在复旦的"南京路"溜达，她从自行车上下来等我：

"你习惯上海了吗？"她问。

"没有。"我说，"蛮想考北大的，两个老乡说未名湖很美，而且并没有上海冷。"

"总会适应的，我没去过北大，我想应该各有各的美。"

"像您这样美吗？"

她麻溜儿地逃上自行车，挥了挥手：

"像你手中的那本书一样美吧。"

《流动的圣节》在上世纪90年代后都被更加准确地译为《流动的盛宴》，可是，你知道，盛宴似乎只是少数人的，只有圣节，才属于每一个人。

当然这只是我的拙见。

海明威说："假如你有幸年轻时在巴黎生活过，那么你之后一生中不论去到哪里，她都与你同在，因为巴黎是一个流动的圣节。"

去年夏天最热的时候，我在上海延平路的JUST POCKET咖啡馆里等人，这个叫作"只是口袋"的咖啡馆，其实主要是卖早中晚的简餐，像我这样点一杯冰美式在这儿混一下午的人，老板偶尔看到只能在角落里叹口气。

那天我等的人还没到，进来一个骑手大叔，说：

"这天儿快热出人命了嘿！"

吧台后面的服务员小姑娘倒了杯冰的柠檬水给他，大叔一饮而尽，说：

"再来一杯行不？小姑娘心眼儿好。"

又倒了一杯。大叔说：

"这回我死不了啦。"

从那以后，这家小店就成了我的半个办公室，我在角落里有一个固定的座位，坐下来就有一杯冰美式和一杯温水，老板、服务员和我都习惯了一言不发。

冬天的时候，沈颢从嘉兴过来，穿着酷帅的大衣，容光焕发，是真的换了发，有一段时间他总是长发盘在脑后挽成一个发髻，现在剪成中长，换着花样潇洒，说是在安徽什么地方花十七块钱剪的。

我想起自己在波士顿剪过两回头发，一次三十美元还加小费，并且发型与我的三重下巴组合成一个土豆形状。

沈颢一进咖啡馆就说：

"为什么旁边的几家咖啡店都那么多人，只有这一家冷冷清清？"

我也不知道怎么回答他，只好说：

"你怎么可以还这么帅？"

我这半辈子崇拜过两个人，上世纪80年代的时候，我非常喜欢一个叫齐秦的歌手，他的音乐、生活、形象都完美一体，仿佛所有时尚的集合。

有一年，崔健去了伦敦的一个音乐节，回来接受了《北京青年报》的采访，兴奋地说他在伦敦见到了齐秦。

2003年的时候，我见到了沈颢，我得说，他是更多完美的集合。

他和谢方伟两个人趴在报业集团三十二楼的落地窗前看威海路的风景，两个都是长发型男，让我印象深刻。

《文汇报》的马达先生去世前，我每年都去看他，有一回他撇了撇嘴说：

"从来只知道我们上海人办报办得好，听说现在南方人办报办得好，有个叫沈颢的，你认识不？"

我说："认识，挺厉害的，您要是黄药师，他得是黄日华。"

老马说："你这小子没出息，丢人！"

我说："老马，咱尊重强者，败得体面，没啥不好。"

沈颢这半辈子，经历了很多事，有时候我甚至都觉得，他不像一个真人，更像一个剧中人。而我们，更像是观众，我坐在第二排，他伸手致谢的时候，我有几秒钟握住了他的手。

我们在咖啡馆天南地北地瞎聊,想起上一次见面,已经是好几年前了。他那时出版了他的《万水千山》,我们在一个小馆子里面喝酒,最后以我喝到失忆结束,唯一能够记得的,是他在午夜的马路边上陪着我。

那时我一直想问他的一句话是:

"你过得好不?"

最终也没问出口。

另外,我观察到的,就是他经历过许多艰难的时刻之后,从来没有说过一句丧气的话,或者说,至少对所有的观众而言,他的一切言谈举止,淡然得体,如春风拂面。

我在咖啡馆里开玩笑说我和太太想在波士顿开一家凤梨酥店,我以为会招来白眼和嘲讽。

他说:"这是多么好的一个创意啊!"然后,滔滔不绝地讲起了他一个朋友在大理做可颂面包的故事。我听完之后,竟然真的动了这个念头,并且在晚上转告给我太太。

她听了之后,没有评论凤梨酥的事,只是说:"这个人,总是那么温暖着别人。"

当然,我们在一起也会聊到一点点小敏感的事,比如,很多读者喜欢他写的喵喵喵、奥威尔、约恩·福瑟,至于他写的那些实验性的文字，我没能直白地告诉他。

我吞吞吐吐了几句实验性之后，沈公子露出了迷之微笑。

我跟我们共同的老友陈菊红女士说："我太太觉得沈颢心中肯定有时住着一个孩子，而老邱心中，一直有个二流子。"

菊红微笑着表示不反对。

2023年3月的时候，我在波士顿向沈颢约稿，告诉他我们写作阵地的名字叫"天使望故乡"，他发给我一张照片，配了一个大笑的表情。

照片里他正在云南某乡村温泉池，在和一帮老人家泡澡，"忽然预感到，这很有可能是自己未来生活的常态。"

我过了一个半小时才回他，这一个半小时，我打扫了家里楼上楼下所有的房间，吸尘、拖地、换掉每个垃圾桶里的垃圾袋。

然后，坐在楼梯口捶着我常态化疼痛的腰。

想起二十年前，我问大家："上海本地新闻这个栏目叫个啥名字？"

他们说："叫'大都会'。"

我说："为啥？"

他们说:"因为是沈颢取的,因为《纽约时报》就是这么叫的。"

"因为上海就是梦想的都会。"

时间就这么无声无息地溜走了,我现在离《纽约时报》很近,只一脚油门。但是我离"大都会新闻"很远,遥不可及,或者说,就连想起这段回忆,都像是存心跟自己较劲。

伊险峰是骑着辆自行车到JUST POCKET来的。来了就到户外问我讨根烟,还开心地问烟灰抖哪。我说:"地上,不装。"

我们俩在一起从来不装。

刚筹办《东方早报》的时候,我《文汇报》的老同事冯学锋也来帮忙策划,他听了一堆人的各种建议之后说:"这里边只有一个人的专业水平能做总编辑,那就是伊险峰。"

当时因为组织上让我做总编辑,所以我被老冯呛到吐血。

不过话说回来,我观察了两三个月,发现冯学锋尽讲大实话。

不过话又说回来，伊险峰对这个总编辑兴趣好像也不大。因为没有多久，他就去创办了《第一财经周刊》。那一年有个谁和我说："你知道不，《第一财经周刊》当年就盈利了。"

我说："这家伙！"

周刊做得非常成功的时候，伊险峰又离开了。

我们在咖啡馆聊到这些事儿，他突然露出了难得见到的特别诚恳的劲儿，说：

"这个，得说是我不好的一面，不大愿意花精力去与人沟通，总之就是有几回觉得不太畅通，就走人吧。"

于是，后来，又有了《好奇心日报》。

有人说，"一财周刊"和"好奇心"都有好多忠粉，不离不弃。我想，不如说，是伊险峰有好多忠粉。

前几年华为有个领导来上海，请大家吃饭，我和伊险峰都去了，我俩也好久没见了，见了面就聊个不停。

领导准备致祝酒词的时候，发现这俩家伙还在瞎聊，不乐意了，说：

"我们这有两位新朋友一直在开小会。"

我连忙表示歉意，险峰则打了个哈欠。

领导听了我俩具体是干吗的之后，对伊险峰说："伊总我是你的粉丝,手机换了好多,就这个一直在。"

手机上是《好奇心日报》的APP。

伊险峰和沈颢各有各的风格,具体怎么描述,我说不上来。

2003年刚办"东早"的时候,我去威海路的"小实惠"吃饭,门口有个男生背对着我在打电话:

"说这么多不就是我没达到伊险峰的要求呗,我都两晚没怎么睡觉了,他这一个字一个字地抠,一张图一张图地搞,没几个人吃得消!"

这二十年,我已经很少听到这样的抱怨了。我在那个冬天听到这通电话的时候,站在饭店门口待了几秒钟,两片枯叶掉下来,砸在头上,饭店里面喊:

"喝白的还是啤的?"

我说:"白的,热热血。"

我们在咖啡馆聊天的时候,聊到很多的往事,当然也聊现在的生活,伊险峰讲了一句话,似乎是要回答我所有的提问,他说:

"我可以接受比较简单,或者比较穷的生活,这对我不是一个问题。"

至于他不接受什么,我俩没有探讨过,或者说,我们用眼神交流过一瞬。

他在长乐路办公了快两年,在这期间,他非常翔实地观察和记录了九个街口这些年的商业变化,准备写成一本书。我很震惊他做的这些事,准备用我读过的什么金句赞美他。琢磨了半天,没想出来。

伊险峰笑笑:"再出去抽一根?"

抽烟的时候,二十年后的枯叶又在大冬天砸我头上。

二十年前,我有过一段短暂的情绪低落。那段时间,隔三岔五就拉着伊险峰在上海的路边摊喝啤酒。

有一天他忍不住讲,我咋觉得这原因和结果你都很清楚啊,这磨磨叽叽的。

我说:"我得捋一捋。"

他说:"行,那就再捋一捋。"

这一捋,小半年过去了。

这二十年来,我多次回忆起那些午夜时分的上海街头,不知道是一种什么样的力量支撑我围着一个低情商的问题打转,也不知道是什么力量支撑他耐着性子告诉我2+2肯定不等于5。

印象中那一年不冷,我们似乎整个冬天都在户外喝酒,从来没有猜测过,落叶之后,万一春天不来了呢?

沈颢来的那天晚上，我们小聚了一下。

说是小聚，也喝了不少酒。这一次，喝完后直立行走的能力，他比我差了一些。

不是因为我的酒量好过他了，而是大家都敬他酒，敬险峰酒，敬那些叽叽喳喳、热气腾腾的日子。

回家躺在床上，想起海明威的书里说：

"你就是这样的人，你们都是这样的人。"斯泰因小姐说，"你们这些在大战中服过役的年轻人都是。你们是迷惘的一代。"

"真的吗？"我说。

"你们就是，"她坚持说，"你们对什么都不尊重。你们总是喝得酩酊大醉……"

我们没服过役，也没经历过什么大战，酒桌大战还差不多。不过，我确实微醺了。

书中这一页的下方，有一句翻译家的注释：以上引文为法语，génération perdue，一向译为"迷惘的一代"，但用今天流行的词汇，该译为"失落的一代"。

管他什么样的一代呢，酒醒之后，太阳总会升起。

生生不息

每一个绝望中活着的你我，
每一个渴望中离去的健哥，
都需要一首凡人歌。

2000年的时候，我的初中同学健哥在重庆的生意做垮了，连老婆都跟人跑了。

他本来听说千禧年地球要毁灭，结果，地球好好的，他毁灭了。

好在两人没小孩，健哥把沙坪坝的房子也给了老婆，净身出户到深圳讨生活去了。

2021年年底，健哥带着一部二十年创业史以及一身病痛——胰腺癌，回到重庆。

第二年3月初，健哥发给我一个小视频，这个视频里有个姓曾的大师,据说他准确地预测到了疫情的发生,而且,他还有一个预测——

说是2022年的5月22日下午六点半,会有一次重大机遇,到时候只要朝着某个方向默默地念出你的愿望,这个愿望就一定能实现。

我当然知道健哥的愿望,为了我们从初中开始在长江边走过的那些岁月,我愿意在5月22日和他许一样的愿望。

2022年的5月19日,健哥的姐姐打电话给我,说健哥已经走了,然后还啰唆了半个小时讲健哥的不好,说健哥脑壳憨,遗产分了三份,他哥一份,他姐一份,还有一份,又给了他前妻,说是前妻过得也不容易。

健哥的姐姐还在东扯西扯的时候,我说:"还有啥子事没得,没得我就挂电话了。"

"还有还有,你要给他写个墓志铭,他喊你写的。"

挂了电话,忍不住唠叨,又写墓志铭,都快成墓志铭专业户了,我还以为遗产分了四份,留给我一份。

夜深人静的时候,突然又想起健哥没能挨到5月22日,连求神拜佛的机会都没有。

2022年5月22日，下午两点左右，我和老婆女儿踏上由上海开往广州的高铁，去广州领事馆为女儿办留学签证。

到广州后需要隔离十四天，这娘俩都没经历过集中隔离，怕得要死。为了安慰她们，我还专门讲了一个段子调节气氛。

我说："有个姓曾的大师说的，5月22日，就是今天，下午六点半，会有一次重大机遇……"

"知道不？这个重大机遇来临的时候，我们就在开往广州的高铁上，所以，这一程，也不是那么糟糕嘛。"

十二岁的女儿说："跟外婆一样封建迷信。"

老婆："你的愿望是个啥？"

我说："发财致富呀！难道还有其他选项？"

老婆说："侬真心真小人，一个弯都不绕。"

到广州后，先在一个叫增城的地方集中隔离了七天，娃和她妈妈住一间，我住一间，隔离房间空调时有时无，酷热难当，窗外的知了不分昼夜地、完全不快乐地一浪接一浪地叫着。

偶尔想起健哥，我们那时走在长江边去上学的时候，唱的是啥来着，对了，是《话说长江》的主题曲，叫《长江之歌》：

> 你从雪山走来，春潮是你的风采；你向东海奔去，惊涛是你的气概……

那一年，大约是1983年，我们刚刚念高一，一米七八的健哥，走在我们人均一米六的重庆，高大威猛得像施瓦辛格一样，他抽完一口凤凰牌香烟，高声唱出《长江之歌》，那旋律，简直就是成长在长江边的我们，还有这个生机勃勃的国家的青春之歌。

我在增城的房间里大汗淋漓，搜了半天《长江之歌》，出来的却是另外一首歌。

1981年，热爱中国的日本友人佐田雅志，拍摄了一部关于中国的纪录片《长江》。据报道说，这部电影票房不佳，身为国宝级歌手的佐田不得不开大量演唱会弥补亏损。

《长江》也有一首主题曲，我从来没听过，叫作《生生不息》，这个佐田雅治，完全没有关注雪山和东海，而是说：

理所当然地想要活下去，

无论多么渺小都可以……

在那个闷热的房间里，听了一遍之后，竟然有点上头，像是喝了二两白的，晕晕的。又听了一遍，突然跑到卫生间，呆呆地看着镜子里的那个我，两条深深的抬头纹，不知道什么时候，神不知鬼不觉地刻在了额头上。

听歌的时候，我读了一本叫《必有人重写爱情》的书。北岛在书中怀念一位文化老人，记者采访老人："您能简单地用几句话总结你的一生吗？"老人说："用不了几句话，用一个字就够了——难。"

那几天，《生生不息》一直单曲循环着。我想，每一个绝望中活着的你我，每一个渴望中离去的健哥，都需要一首凡人歌。

我把歌词里的两句作为墓志铭发给健哥的姐姐时，她搞不懂我写了啥，但是，总算是完成憨弟弟交办的任务了：

在这名为时间的

长长的河流里

必有我的生命在此孕育

另外,我又发了一段语音给她:"如果,你们给他下葬的时候要搞仪式的话,请代表我说两句,老天对健哥不公,有很多人亏欠他,但他不亏欠任何人,这是他最了不起的地方。还有,我在 5 月 22 日下午六点半替他许了一个愿望,下辈子,我们会在长江边重逢,吹着 1983 年夏天的风,没有病痛,快乐唱歌。"

2022 年的 6 月,在每天都有雷暴的广州,办完孩子的签证后,我们去吃了一顿顺德鱼生,头一回吃这个的女儿觉得非常好吃。

吃到兴头上的时候,老婆突然问我,5 月 22 日下午六点半的时候,你在火车上到底许了个什么愿?

我看着她愣了三秒……

"哎呀!我怎么把这事儿搞忘了!"

一颗像上海那么大的钻石

照片里的马超似乎是饿瘦了,
但是,我分明闻得到拿铁里的桂花香味。

2014年的时候,因为老单位要做一个叫"第六声"的英文媒体,我专门请了一个英文家教,是我的大学同学洪兵教授给推荐的。复旦的英国留学生,英文好不好我不懂,中文水平跟赵忠祥老师差不多,他的名字也很惊人,叫丘吉尔。

丘吉尔上一堂课两小时,五百元,一共上了两回,每回都给我几十个单词回家背,我年纪大了记不住,就觉得钱白花了,不上了。

不知道怎的,后来丘吉尔又跑到"第六声"来工作了。出版社让我给一个英国才子叫阿兰·德波顿的中文版书写了个序，这本书叫《新闻的骚动》。丘吉尔又勤勤恳恳地把序翻译成英文，发邮件给了德波顿，说如果他回信的话，我们就可以刊登在"第六声"上，我觉得真是个好创意。

但是阿兰·德波顿没睬我们，十年都没睬我们。

然后丘吉尔居然就回国了，我一直在盼望《太阳报》刊登消息，英伦才子阿兰·德波顿被丘吉尔用菜刀攻击。

但是并没有，丘吉尔后来又去了《南华早报》，然后，就不知道然后了。

2021年底，女儿被波士顿的中学录取后，我又请了第二个英文家教，美国人，我们在朋友的生日宴上相识，他的名字也很惊人，叫马超，就是跟张飞你死我活地打了三百回合的那个。

价格也是一样，但是马超比丘吉尔油很多，这家伙的中文已经可以追赶郭德纲了。我们在咖啡馆里面上课，都戴个大口罩。

他问我要学啥，我说就学点最简单的，机场里用的、吃饭用的、逛超市用的。马超把口罩扒拉下来："你不是复旦毕业的吗？这都不会？"

我说:"比如在曼哈顿吃饭,服务生想让我给25%的小费,我最多只想给20%,那我应该说啥?"

马超说:"你应该说'一边儿凉快去'。"

我说:"你要是再这么教,我可就不付钱了。"

马超说:"这玩意儿不应该这么学,这么学没用。《麦田里的守望者》看过没?你就应该像霍尔顿一样一个人在纽约待个两天两夜,别让老婆陪,第三天你就啥都会了,不会你就死在中央公园了。"

我想了想好像也有点道理,但是付了五百元总得聊点啥,马超说他家在缅因州的班戈,就是《肖申克的救赎》的作者史蒂芬·金的家乡,又问我喜欢什么美国作家,我说喜欢耶茨、纳博科夫,当然还有永恒的菲茨杰拉德。

马超说:"菲茨杰拉德最棒的是啥知道不?不是《了不起的盖茨比》,而是《一颗像里茨饭店那么大的钻石》,在它面前,史蒂芬·金的作品真的不算什么。"

马超的课只上了一次,然后我们再没见过,有时候回想,这五百元花得很值,我挺享受和他神聊。

2022年4月下旬的一个深夜,我们都在家里团购,突然收到一条微信。

马超:"老邱,能不能给我点吃的,我快饿死了,我的同事也没啥吃的,我人没有力气了,不仅打不过张飞,可能也打不过张韶涵了。"

第二天我送了几大包牛肉和面包、方便面给他。

他在夜里回信说:"老邱,你的快递朋友像飞虎队的陈纳德将军一样,穿越驼峰航线,拯救了生死边缘的美国人民,哈里路亚,阿弥陀佛!"

6月以后,马超又活跃起来了,经常晒朋友圈,带着一个叫CY的上海姑娘到处玩,他最喜欢在中文朋友圈叫:"阿拉上海又回来了,你们美分党就眼红吧!"

我在酷热的7月给他留言说:"方便面的钱微信转给我。"

他说:"我跟侬讲,班戈离波士顿很近,开车两小时,你去玩的时候我让我爷爷用美金给你。"

我说:"大可不必。"

马超说:"我爷爷就埋在班戈的希望山公墓,史蒂芬·金的顶尖作品《宠物公墓》的拍摄地。"

2022年的深秋,我让太太开车送我去班戈玩。先在史蒂芬·金的红色小楼前双臂舒展、仰望天空,拍了一张安迪·杜弗伦逃出肖申克监狱的猥琐模仿照,接着又赶往希望山公墓。

希望山公墓大约有两万个墓碑,漫山遍野,走路能让你走死在山上直接埋了。

我在山顶拍了张全景照发给马超:"你爷爷在哪儿?我把发票放在他墓前就要回波士顿了。"

那是上海的凌晨一点,马超竟然回信了,他说:"老邱,我要调到公司的德国分公司去了,我要离开我待了七年的故乡阿拉上海了。"

我说:"为啥?"

马超说:"原因挺多,其中一个原因是求婚失败。用野花编织的戒指求婚彻底失败,CY希望要一颗真的钻石。"

我蒙了,就这?

马超说:"以及房子、车子、升职,我才二十五岁,没想过这些,我还想着当环游世界的自由撰稿人呢。"

我在希望山的山顶望着无边无际的红叶,深情地回复马超:"我支持你,因为钻戒而结婚,可怜啊可怜,救救马超吧!"

马超说:"人生得一知己老邱足矣,中美当以同怀视之。"

2023年的3月1日，悲伤的一天。

马超："老邱，我明天离开上海，你在波士顿怀念故乡吗？我可以为你做最后一件事。"

我说："要不你去愚园路，市西中学旁边，一间小到不能再小的咖啡店，你买一杯桂花燕麦拿铁，帮我喝两口，拍个照片给我。"

照片里的马超似乎是饿瘦了，但是，我分明闻得到拿铁里的桂花香味。

我说："马先生，祝你一切都好！一个在波士顿的中国人，一个在上海的美国人，都相信，这是为了聚会的告别。"

那天晚上，我发微信给我最好的朋友，阿里巴巴的荣誉合伙人王帅先生。我说："我们做一个关于故乡的公众号好不，就叫'天使望故乡'。"他说："好！"

过去的一百天里，有三十位写作者参与到"天使望故乡"的写作中；下一个一百天，我们会邀请更大规模的写作者加入我们的中国自然文学写作计划；再下一个一百天，也许，我们会在上海和波士顿建设一个美轮美奂的网站，讲述中国之美，讲述故乡之美。

初夏时节回到上海的时候,德国马超发微信给我,说让我去他的租屋,有礼物留给我。

高温桑拿天,敲了五分钟门,才有一个似乎半年没睡过觉的老太出来:

"侬想做啥?"

"马超说有东西给我。"

"姓邱的?"

"嗯。"

又过了五分钟,一个罗森便利店的袋子伸了出来,老太还补了一句旁白:

"美国人也有好的。给好多人留了礼物,不值铜钿,不过老有心的。"

袋子里有一本书,译文出版社的,菲茨杰拉德《爵士时代的故事》,另有一个拳头大小的玻璃球,里面是陆家嘴的建筑三件套,一看就是卖给外国人的旅游产品。

玻璃球在35℃高温下反射出五颜六色的光,上面贴着一张字条,用歪歪扭扭的中文写着:

"一颗像上海那么大的钻石。"

康定路的新年致辞

很多时候,我们喜爱高尚的谎话,
胜过喜爱许许多多的真理。

还年轻的时候,我幻想着隐居,甚至觉得鲁滨孙都没必要回来,只有鲁智深才喜欢花花世界。

年纪大的时候,我更喜欢热闹,看着康定路川流不息的烟火气息,觉得生活真伟大。

读者君或许会说,你讲的那些善和美,好多我们都做不到,像小徐那种,高山仰止、望尘莫及。

今天要说的,一定一定在你身边,骗你是小狗。

康定路这儿去年开了个星巴克,户外马路边放了十来把椅子,说是可以在户外喝咖啡。我观察了一下,这里坐的以烟民为主，更像一个吸烟区。

这个吸烟的地方，人比较集中，你坐下来抽一支烟，大约能听到一个故事；如果抽两支，搞不好能听到或者看到一个事故。

12月31日很晚的时候，不知不觉晃悠到了星巴克门口，天气很冷，于是我便哈着热气坐下来抽根烟。还有另外三个人，一个遛狗的老头，两个年轻的姑娘。一个姑娘正在号啕大哭，另一个则一直在劝她。

为了听清楚她俩说啥，我并没有抽两支烟……而是无耻地掏出了半包。

约莫过了二十分钟，我大致听懂发生了什么事。

两个姑娘是从外地来上海跨年的，就住在旁边的酒店，用了不少钱，听下来是她俩今年的积蓄，去了外滩、陆家嘴、武康路、新天地，拍了不少美照。

今晚她在一个网红餐厅吃饭，预订了一个两千多的套餐，但是餐厅要翻台的，她俩是六点半到七点半这一档。

还没开始吃的时候，两个人相互拍照，我怀疑是摆了很多剪刀手那种，她俩旁边一桌，坐了一个四口之家，父母带着两个小孩，也是来庆祝新年的。

问题很快发生了，小孩的妈妈注意到两个姑娘拍照的时候，似乎把她的两个孩子也拍进去了，提出不能拍他们，而且最好让他们检查一下，如果拍到了小孩，应该当面删除。

尽管一万个不愿意，检查还是进行了。结果，确实有好多张拍到了小孩子，两个姑娘开始建议由她们把小孩的图像修掉，但是那位妈妈没有同意，坚持让她俩彻底删除。

事情本该由此告一段落。但是孩子妈妈重新落座后的一句话又点燃了战火，这个妈妈对两个孩子说：

"坐坐好，吃饭就吃饭，别跟小网红似的，钱没几个，就为了拍个照片晒朋友圈炫耀。"

这句话把哭的姑娘惹毛了，双方大吵起来，一吵吵了一个小时。

等到坐下来开始吃的时候，已经七点了，菜像连珠炮一样，一个接一个。半个小时之后，服务员走过来说，后面的客人已经到了，只能再给他们延长一刻钟。

听下来，双方一起又和餐厅闹了一下，都认为自己是受害者，不过，由于后面的客人已经在等着了，这六个人也只能离开。

最终两个姑娘去酒店旁边喝了好多酒，到这儿来醒酒。

遛狗的老头已经冷成哈尔滨了，说：

"小姑娘，勿要哭了，这个事体双方都有责任，么啥好哭的。"

老头的狗还嗅了嗅俩女生，做嫌弃状，走了。

我又掏出一支烟，说：

"别哭了，不要看我们老了，你们喜欢的我们还是能理解的，马上就到新年了，要笑着迎接新年。"

哭的女孩对我说："你什么都不理解。"

我说："不能这么说。我太太前些日子去弄头发，做头发的女孩子说现在生意不好，收入也少了好多。不过，女孩喜欢的歌手，一个叫张什么的小伙子在成都开演唱会，她还是花了七千多块买了两张黄牛票，还要坐飞机去看。我太太说，她就不大能理解她们这种消费行为，不过她也对女孩说，开心最重要。"

顿了顿，我接着说："我能理解，三十多年前要是齐秦来开演唱会的话，我饿一个礼拜肚子也会去听。"

两个女孩子居然都沉默了。

"大叔我快冷死了，祝你们新年快乐！另外，我有一个小问题，"我对着一直劝对方的姑娘说，"你为啥没哭?"

没有哭的姑娘说:"六个人一起乘电梯下楼,对方的两个小孩子说了几句话,我差点背过气去。孩子说:'妈妈,别生气了,姐姐不是坏人,拍到我们也没关系的。姐姐,新年快乐!'"

没哭的姑娘接着说:"四个大人像傻子一样蒙了,彻底蒙圈了,我们这干的都是什么傻事儿啊。所以,我没哭,她一直哭,她哭啥,谁知道……"

1月1日的上午,阳光很好,吃完早餐,我决定再去吸烟点混一会儿,反正女儿还没到,感觉很多退休花老头就是这么找乐子的。

这一回,不得了,马路边上围了一圈人。我叼着烟一直往里面挤,嘴里说:

"让一让,让一让。"

一个看热闹看得聚精会神的老头儿说:

"侬册那警察啊,让一让让一让……"

一个讲上海话的中年男,比较胖,倒在地上,助动车歪在一边,一个快递小哥模样的年轻人在和他讨价还价。

老头儿介绍说:"中年男正常行驶,速度较快,小哥逆向，撞没撞到没看见，遗憾！但是，肯定是吓到了，然后，中年男摔倒了，现在讲左腿可能伤了，不让小哥走，开价是赔五千好哦！"

我说："不能站起来谈吗？这么躺地上得多冷啊？"

老头儿说："侬个憨憨，站起来还怎么谈，搬一个沙发给你捏捏脚谈好哦？"

小哥长得挺端正，一脸忠厚样，说："我知道是我的错，也跟你道歉了，但是五千块实在太多了。"

中年男躺在地上，实话说看上去也是个正常人，戴着眼镜，穿着比我还要朴素的厚衣服，手里拿着电话报警。

警察很快就到了，操着一口地道的上海话，上来先让我们赶快散了："跟你们勿搭介，有啥好看的，都没事干是哦？"

老头儿说："是么啥事体做。"

所以也没几个人散，包括我。

警察两方面情况都了解清楚了，问小哥："五千块能接受不？"小哥说："不能。"

警察又问地上的中年男，中年男说："就是得要五千块。"

警察立即叫了120，验伤。

救护车一会儿就到了，上海这效率，杠杠的，车上下来四个人，打头一个医护人员问："伤在啥地方？"

中年男说："左腿！右腿没问题。"

医护人员说："来，弯，再抬，再伸直，痛不？"

中年男说："不痛。"

医护人员又问："想呕吐不？"

中年男答："不想。"

医护人员说："初步判断没啥大问题，没谈好？要验伤？"

中年男回："要验。"

医护人员一声喊："来，静中心，推上车。"中年男已经被六只手抬到了救护车的推车上，我心里一块石头落了地，地上真的太冷了。

中年男突然问："我的车怎么办，车上还有东西呢？"

医护人员说："我们只管人，不管车。"

人群一阵骚动，"侬到底想去医院哦？人家小哥哥也不容易，少要点嘛算了，躺了半小时，要是骨折的话侬还会嘎活络？"

中年男突然坐起来，带着哭腔说自己是真的摔了，速度很快，很疼，不是装的。而且自己助推车上的东西也是值钱的，虽然看上去破，但那也是买来的，自己不是不讲道理的人。

人群出现了短暂的沉默，老头儿对我说："格种事体侬晓得到底是啥原因哦，一个字：穷！"

中年男改口说："两千块，我也不去医院了。"

小哥说："一千块，我现在就转给你。"

中年人说："一千块钱，但你要把救护车的钱付了。"

救护车的钱要不要付，我不懂，怎么付，我也不知道。总之，救护车一眨眼就消失了。

签好字，警察问小哥："你买过保险吧？这些钱理论上是可以进保的。但是进保的话，可能要对你逆向行驶罚款，最高罚款要五千块，所以，这个要你自己拿主意。"

小哥一直在那犹豫……

我终于已经不想看了，不知道为什么，觉得感冒还没好，眼睛疼，疼到要流下眼泪。

我这个年纪的人，看热闹老是想看出个是非来，看出好人坏人来。

新年第一天看到的这一幕，以及跨年夜的那一幕里，一个坏人都没看到，看了那么久，就看到两个字：辛酸。

很多时候，我们喜爱高尚的谎话，胜过喜爱许许多多的真理。

我的跨年就是这么度过的,接着我就睡了一整天,把2023年欠的觉都补了回来。

2024年的第一天,我做了好多梦,梦到两个姑娘在检查照片时加了小孩妈妈的微信,她们在后来的某一天问候说:"孩子读书好吗?身体健康吗?"我梦到快递小哥在转钱的时候也加了中年男的微信,未来的某一天,他收到信息说:"小伙子,你好不?辛苦了,多保重!"

第三章

弄 潮

我们这些人挣不到惊喜的原因,

是不是因为那轮月亮?

连头都不用抬,连看都不用看,

它一直就在我们心里。

太阳星辰

即使在始终无人注目的暗夜,
你可曾动情地燃烧,
像那不肯安歇的灵魂一样,
为了答谢这一段短暂的岁月。

春节的时候,在故乡重庆的一个饭局上,意外地认识了好多复旦大学的学长,年龄比我大,但是意气风发,状态远比我要好。

回家的路上发现第二天是好天气,我心血来潮决定一大早去重庆北碚区夏坝的抗战时期复旦大学旧址看一看。

大年初八是个艳阳天,清晨的太阳照在嘉陵江上,泛着翠绿色的光,连满嘴脏话的出租车司机,也忍不住欢快地说:"夏坝夏坝,虽然落后,也有古镇的美哟!"

1938年的初春,与今时差不多的时间,复旦大学的师生辗转了五千里路,来到北碚东阳镇的下坝。陈望道教授在到达下坝后提出,"下""夏"同音,建议取"华夏"之"夏",将"下坝"更名为"夏坝",意为"华夏之坝、青春之坝"。

后来,北碚夏坝与成都华西坝、重庆沙坪坝、江津白沙坝共同被誉为抗战时期大后方的"文化四坝"。

实话说,大年初八这一天,旧址里只有三个人。尽管比较冷清,但也让我可以比较从容地看完所有展品,在11点多准时离开,回家和老父亲吃中饭。

回家的路上,我发现手机拍下的一副于右任的对联的毛笔字看不懂,尴尬地发了个朋友圈,重点请教陆灏先生,陆先生一秒钟就留言,说是:

"引曙光于世,播佳种在田。"

这,差不多就是那一上午最大的收获以及最好的总结。

吃中饭的时候,老头说:"好看不?"

我说:"挺好的,也是父辈的旗帜啊!"

我给他看手机里翻拍的一张大合影,说:"你看看那个年代的男生女生,气质多好,眼睛里都有光。"

老头说:"你们读复旦的时候,也是精神焕发的呦!那不是开玩笑,你为啥子不记录一下你们读复旦的事情,过两年让我孙女也可以学习学习嘞。"

我们读复旦的时候?认真计算一下,竟然一不小心已经过去三十八年了。我们那个时候,眼睛里有光吗?大约是有的。那个时候,如果国家有难,外族欺侮,我们愿意投笔从戎吗?会很艰难,但是,未必没有这样的勇气。我们对未来充满希望吗?一定是的。

1986年的8月,我和同济大学的廖哥、上海交大的管哥三个人一起,登上了和1938年反方向的长江轮船,顺流而下,经停了无数个长江沿岸的城市,五天四夜之后,停靠在上海的十六铺码头。

那个晚上,复旦大学还派了大巴在码头接学生,我拖着一个巨大的蛇皮袋连滚带爬地上了车,袋子有五六十斤,我的体重只有九十九斤。车门刚一关上,司机就喊我:

"笨手笨脚的,快点坐好,就等侬最后一个了。"

那个时候,复旦很美,我说的这个美,是那种上世纪

80年代的美,清贫、朴素、充满热情、没有滤镜。校园里也没有高耸入云的大楼,都是矮矮的房子,阳光从不被遮挡。

有一年,大约是2005年,复旦百年校庆,《东方早报》做了一百个版面。那天下午有个活动,我们同届的国政系的同学,留校做了一个领导,他在致辞的时候说:

"我们复旦现在不叫大学,叫高校,因为我们有全中国大学里面最高的楼。"

下面的听众,特别是我,忍不住笑了起来。

这个同学后来英年早逝,我们都很悲伤,我怀念他,尤其觉得他非常高级地向我解释了大学和高校的区别。

很多年以后,在讲到某一届某个班级的时候,一定会有一个评价标准,就是这个班出过什么牛人,然后,大家与有荣焉。如果这个班碰巧没有什么成功人士、知名人士,那就遗憾了,他们好像没有来过一般。

因为我不是牛人、高人,所以我真是太不喜欢这个评价标准了。如果大学是培养人的地方的话,估计高校是专门培养高人的地方。

认真说起来,上世纪80年代的那种美,到底是怎样的一种美呢?

到复旦一周后,我想起来给父母写一封信。那个时候,写完信就到邯郸路大门右侧的邮局去寄。邮局不大,大致流程是先去窗口排队买信封,再买邮票,近的四分钱,远的要八分钱,大约如此。然后再去排另一个队,用糨糊涂在封口上,再把邮票贴上去,扔进邮筒,齐活。

我排第二个队的时候,有点心不在焉。等轮到我的时候,刚想起来信纸还在兜里,笨手笨脚地摸出来,塞信封的时候又发现折得太宽了,重新折好塞进去,又开始笨手笨脚涂糨糊。这个时候,排在我后面的两位的一个老头儿,走上来骂了我一句,说:

"你到旁边去弄,不要耽误别人的时间,你早就应该把准备工作做好。"

没辙,只好到旁边搞,当中还把糨糊沾在信封上,只好又擦,否则就会跟别人的信粘上了。

搞完之后,发现其他俩同学和老头几秒钟就弄好走了。我本来想去重新排队,不过一个师姐礼让了我,我感动得眼泪都快掉下来了,说:

"这老头儿,上来就骂人。"

师姐说:"他是苏步青。"

我后来把这个丢人的故事说给我的同学和同事听,并且掩盖了自己蠢到没边的好多举动,只是反复琢磨:"数学之王"为什么要自己去排队寄信呢?

那是我读书四年唯一一次见到我们的老校长,而且还是一次羞愧的邂逅。只是,他教会我什么了吗?当然。

我在复旦新闻系读了四年,有两次重要的实习,一次叫作小实习,一个月左右,我是去了家乡的《重庆日报》;一次是大实习,半年,整个学期,我去了《中国青年报》。

1989年,我在《中国青年报》实习的时候,有一天奉命去中国人民大学采访戴逸教授。真实情况是隔壁办公室的老师临时有事,然后又觉得我比较活络,所以把这个光荣的任务交给了我。

戴逸教授是研究清史的,编辑老师说,如果内容不错,可以给我发一个整版。

事实上,我完全不懂戴教授研究的内容,但是如果我实习时能够在《中国青年报》发一个整版,那基本就可以过关了。

那天在戴教授的办公室,具体到底讲了些啥,我已经记不清楚了,唯一记得的就是,我大约是说:"戴教授,我就是想和您探讨中国与世界的关系。"

戴老说："小家伙，口气好大，你提两个具体问题。"

我一个也提不出，尴尬到脚趾扣地。

戴老大致是问我读过什么清史或者历史方面的书籍没有。我满脸通红，说不知道《说唐》和《说岳》算不算。

戴老放声大笑起来，不过一句责备我的话都没有，他从书架上取了两本书给我，说：

"两周之后，我们再采访。现在，让学长带你去食堂吃点东西。"

两周之后，我提了很多问题，大部分是外行的，但每一个问题他都耐心作答，还额外地聊到自己的人生，从懵懂到奋发努力。还说《中国青年报》是一份好报纸，并且还说，采访的标题可以用我想聊的话题作为主题，学问总是要经世致用。

回到复旦，这是我唯一交给老师的实习成果。

戴逸先生在 2024 年 1 月 24 日去世了，知道这个消息的那天晚上，我正在上海郊区的一个小酒吧里坐着等人。酒吧里灯光摇曳，叹息般的声音不断传入耳膜，不知是小提琴的哀怨，还是月光底下银色麦浪发出的簌簌声。

美国人一直说，我们这个世界最大的奇迹就是诞生了亚伯拉罕·林肯这样的人。而我的复旦生涯中，最大的奇迹就是在懵懂无知的年代，意外地、幸运地遇到一些三言两语、举手投足就能告诉你什么是风骨的人，让我无论在什么样的际遇中，总是提醒自己，我应该活成什么样子。

当然，如同鲁迅先生所说："青年又何能　概而论？有醒着的，有睡着的，有昏着的，有躺着的，有玩着的，此外还多。但是，自然也有要前进的。"

在整个大学生涯中，是不是每一个牛人、高人，都是你的人生导师，都能在你的肉身中注入潜能，注入灵魂？存疑。但是，无论是哪种情况，那都是你认识自我、洞察人生的必经之路。

我在复旦四年的生活里，似乎自带点疯劲，老是碰上一些莫名其妙的事情。1990年毕业前的几个月，碰到过一次特别糟糕的事情。

那天有一位非常著名的科学家来复旦，校报让我们去采访，我和一位女同学去了。老科学家兴致很高，一直谈笑风生，那时还没当校长的杨福家教授陪着他。

轮到我提问的时候，我估计是因为从未见过这样的大场面，有点蒙，语无伦次地说着我的问题。这个问题的核心意思，大约是想要科学家像爱因斯坦一样和我们谈谈世界观，或者说，不只是学术方面的问题。但是我很紧张，表达不清、吞吞吐吐，甚至蹦出了一个"政治诉求"的词汇。

老科学家愣了两秒钟，突然就光火了：

"你想干吗？你们想干吗？"

我语无伦次地想解释，大约是说大学生是不是也不要读死书一类。但是科学家的狂风暴雨没有停息：

"你们是什么报纸？你们要干吗？"

杨福家教授把我拉到一边，说：

"这位同学，采访结束了，没什么，也别有压力，不过今天就到此为止吧。"

那一天是我大学生活里非常糟糕的一天，难受的程度堪比大学里的女神告诉我她已经有一个一米八几长得像许文强一样的男朋友。

因为我在那双愤怒的眼睛里看到了一句回答：

"别给我找事儿，更别给我下套！"

总之，那是我复旦岁月的最末端。天气酷热，傍晚的时候，我们总是躺在相辉堂前的草坪上，百无聊赖、无病呻吟。那个时候，汪国真已经不流行了，我们听齐秦、姜育恒、崔健，读北岛，还有《挪威的森林》。

陆陆续续有同学离开，大家都去火车站送别，熟悉的、不熟悉的，都去。女同学总是泪流满面，男同学总是故作坚强。事实上我心里非常清楚，我们不是在和每一个真实的人告别，我们是在和那段岁月告别，甚至，是在和曾经妄图坚持的东西告别。

我们同寝室五个同学，三个是上海人，每周末都回家。外地的只有我和一位湖北的李同学，最后一个学年，感觉我们什么事都没干，不过每天在一起，睡懒觉，吃饭，讲笑话，骑自行车。

他给我写了一段告别的留言，说："我喜欢邱sir（我的外号），如果有一天我们俩被迫要上战场的话，我会为他挡子弹的。"

那天晚上，我们俩躺在各自的蚊帐里夜聊，我说："这个留言，真夸张！"然后，又忍不住把脸紧贴在枕头上，失声痛哭。

1941年至1944年，在重庆夏坝的复旦大学，共有五百六十一名学生投笔从戎，共赴国难。其中，新闻系有十五人担任译员,一人加入远征军,十六人加入青年军。最厉害的是经济学系,八十一人担任译员,五人加入远征军,三十人加入青年军,两人加入海军。

于右任先生的那副对联,就挂在这些数字的旁边,"引曙光于世,播佳种在田",不能更加准确了。

在我身后一起参观的女孩,大学生模样,在这个数据栏前驻足良久。她的耳机里,一直循环放着一首音乐,是电影《燃情岁月》的主题音乐。我一度觉得,在世界的任何一个角落,每当碰到波澜壮阔、热血沸腾的故事,耳边总会出现这一段似乎已经走过大半生的乐章。

这部温馨感人的电影,末尾有一段旁白,我把它抄录在这篇文章的最后,献给那些太阳与星辰,献给曾经的燃情岁月。

> 生命中的险恶没有什么恐怖,
> 生命中的寂寥没有什么悲愤,
> 生命中的放纵没有什么缺憾,
> 生命中的痛苦与埋没无关。
> 关键是,
> 即使在始终无人注目的暗夜,

你可曾动情地燃烧,

像那不肯安歇的灵魂一样,

为了答谢这一段短暂的岁月。

鱼塘和梦

只有那条悠远的河流,
仿佛是岁月的眼泪汇成,
清澈着、混沌着、奔腾着、
遗忘着、燃烧着、毁灭着,长流不息。

1989年春节后,我开始在《中国青年报》实习。大学三年级的实习,差不多应该视作每一个新闻系学生职业生涯的开端。

那个时候,北京的街道还没有那么多的人和车,没有鸟巢、水立方和华尔道夫酒店。但是因为干冷的天气和玻璃瓶的酸奶,这里的冬天比上海的更让我们喜欢。

当然,我并没有钱住旅馆和招待所,我住在北京大学我老乡的宿舍里,哪一张床空我就睡哪一张床。那个冬天，我闻到过来自陕西、河北、广东、四川、云南的各种味道，偶尔我需要将两根醒宝香烟插在鼻孔里用嘴呼吸才能入睡。

每一天去单位上班的路程都是非常漫长的。我需要从中关村坐 332 路公交车去白石桥，然后坐地铁到东直门，出来后换 107 路公交车坐到海运仓胡同。

一个多小时的路程中，我永远哼着同样的一首歌。那是民谣歌手马兆骏唱的歌，叫《我要的不多》。它翻来覆去就唱，你一定要告诉我，这个世界孤单的，不只我一个。

另一个孤单的身影每天也从北大出来坐 332 路公交车。

他叫老肖，和我一样二十一岁，但是长着四十一岁的脸。他是宜昌人，学的经济，在一家中央大报实习。我们每天早晨一起在校门口买酸奶，在白石桥车站分手。

他第一次和我讲话是在公交车上。这家伙像地下党一样凑过来说："海子死了你知道吗？"我那时不知道海子是谁，没敢接茬。这家伙继续神秘地说："从山海关到龙家营的铁轨上，啪，一分为二。"

老肖说:"得空我得去一趟山海关,我要搞清楚海子看到些什么,又想些什么。我收集了不少素材,不出五年,中国第一思想记者就姓肖了。"

再大的牛皮也掩盖不了思想记者老肖比我更没钱。我有时会买两个肉包子吃,但他从来不买,说早晨吃不下,但是有一天我请他吃了一个,我觉得他只花了一点五秒就吃完了。

3月底的时候,发生了一件事,这件事成为新闻人老肖职业生涯的终结。

那个周末老肖来宿舍找我,问我可不可以第二天陪他去一趟延庆。

老肖的父亲患了重病,来北京求医,结果几家医院都不收,理由是治无可治。二十多年后回想起来,大概是肠癌转移到了肝部。束手无策的老肖从他老乡那里拿到了一个神医的地址,说神医救过不少无药可救的人。

地址就在延庆。

第二天天还未亮,我们俩架着行动困难的肖老伯上了开往延庆的长途车。肖老伯其实只有五十岁出头,早年丧妻,一个人拉扯老肖和一个还在上初中的女儿。疾病让他的身体只剩下了七十多斤。

神医在一个民宅里坐堂。我们刚刚坐定,一个助理模样的人朝我们伸出一只张开五指的手,老肖傻乎乎地也伸出一只手准备击掌。那人面无表情地说:"五十块。"

老肖有二十多块,我有三十多块。凑完钱,神医背对着我们在纸上写了什么,然后折好交给我们说:"去吧。"

我们走到光天化日下打开那张纸,上面竟然只有两个字:地瓜。

那天已经很晚了,我们在延庆找了一个农民的房子住下来,一块钱一晚,有热炕。

肖老伯睡下后,我们俩走到屋外来说话。3月底的塞外还很冷,白杨树在黑暗中像巨人般俯视着我们。

老肖哆嗦着说:"我早就知道地瓜是好东西,吃了就放屁,通肠胃,防癌。"

我说:"要我说这神医就是个锤子,地瓜要能救命,还要医院干什么?!"

老肖说:"你咋就不能把人往好里想呢?"

回到屋里时,肖老伯没有睡,他坐在炕上看着我们说:"不要再吵了。我要走了。地瓜是你母亲小时候的名字,又矮又胖,她在喊我去陪她了。我没有什么要求,让我死在湖北老家的床上。"

肖老伯父子回家的盘缠是我们几个哥们儿一起凑的。在火车站的时候,老头突然跪在地上说:"下辈子我报答你们。"

此后的日子,我又回到了332路公交车——地铁——107路公交车的轨迹上。中青报的单位食堂里,每天就两个菜,一荤一素,还有就是白馒头和大锅汤。我这个重庆崽儿经常会想起麻辣火锅和爆炒腰花。但是这里有很多我崇拜的新闻人,张建伟、卢跃刚……我每天坐在食堂的角落里,听他们咬着馒头说那些我似懂非懂的宏大叙事,日复一日,痴迷其中。

偶尔忍不住感叹,新闻是多么神奇的职业,那么远的热情,让我淡忘了那么近的忧伤。

一个多月以后,我收到一张五十元的汇款单和一封来自湖北的信件。

信中说:"父亲是在床上过世的,很安详。我承包了长江边的鱼塘,能挣一点钱。我要挣钱照顾妹妹,不能再读书了。当然,也做不成新闻人了。羡慕你,可以面对那么大的世界。老邱,不管你拥有多么大的世界,当个正派人。"

二十六年后的3月底,出版社让我为阿兰·德波顿的新书《新闻的骚动》写序。诚惶诚恐中,读到书中的一段文字:"查阅新闻就像把一枚海贝贴在耳边,任由全人类的咆哮将自己淹没。借由那些更为沉重和骇人的事件,我们得以将自己从琐事中抽离,让更大的命题盖过我们方寸前的忧虑和疑惑。"

二十六年里,很多次从长江尾的上海飞往长江头的重庆,我都会忍不住透过飞机舷窗寻找那片长江边的鱼塘,还有那个在塞北和我争吵的身影,以及他的思想记者的梦。每一个清晨,那个人会不会把海贝贴在他的耳边,倾听这个星球和这个国家惊心动魄的声音,让他忘记延庆绵延的山路,和我们曾经无望的忧伤。

但是极目之中,只有那条悠远的河流,仿佛是岁月的眼泪汇成,清澈着、混沌着、奔腾着、遗忘着、燃烧着、毁灭着,长流不息。

我心澎湃如昨

那个夏夜，回忆起来，纠缠着，像无数个世纪，
而之后的二十四年，却短得像一个杂乱无章的夜晚。

1990年是那种莫名其妙的年份，它是20世纪80年代的终结，也是90年代的开始。我只记得1990年暑假复旦大学六号楼大概就住了我一个人，那是我人生最后一个暑假，连空气里都嚼得出别离的味道。

那个夏天非常闷热，电台里每天都放着苏芮的新歌《风就是我的朋友》，可是，一直没有风。我在某一天想，大概这就是我的80年代的收尾画面了。

但是第二天那个叫GB的人出现了，他才是来压轴的。

GB也毕业了,他不是新闻系的,但因为很会写东西,被分配到了家乡的省报。他滞留在宿舍的原因是为了送他那个叫小叶子的女朋友去美国留学。美丽而温柔的小叶子是上海女生,留着林青霞一样好看的头发。

至于同样留着长头发,每天哼着崔健歌的GB,我完全没有看出他是凭什么成为小叶子男朋友的。这家伙什么都没有,特别是钱,包括饭菜票。他每天躺在对门他老乡那张脏兮兮的床上,读着一本叫《北方的河》的书。

GB每天都来顺两根"高乐"烟去抽。有一天下午他又来偷了两瓶汽水,说小叶子又来了,明天就去美国。

第二天下午,GB那张脸上肯定是流过很多眼泪的,不过GB说他俩已经约好会在奥兰多迪士尼乐园门口碰头,连接头暗号都想好了。

GB还说,他把两个汽水瓶装上小石头,沉在复旦燕园的水底了,因为里面各放了一张他们写给对方的字条。

"很多年后我们再捞出来这个夏天我们写的话看看,会不会很浪漫?"GB说这话的时候像个傻子一样。

然后我就说了句不知道是好话还是坏话的真话:"浪漫个啥,估计明天就被清洁工捞走扔掉了。要我说现在就应该捞出来看看她写了些啥。"

那天晚上 GB 回来的时候，拎了一堆啤酒，据说小叶子临走塞给他一张百元大钞。

"来，喝酒。"我非常无耻地参与了分享小叶子的馈赠。我们一人干了一瓶，这哥们就喝高了，放声大哭起来。我还没有发问，他就掏出了一张纸条。

"GB，亲爱的，再见了，也许，是永远不再见了。因为我们已经离开象牙塔了。我们爱了四年，我无法确定我是爱着你，还是爱着我爱你的这些岁月。可以确定的是，我不爱一无所有。我这些日子觉得，我好需要钱啊，我甚至都不够钱买张去美国的机票。原谅我，没有勇气当面告诉你。但是，GB，你知道吗？我们真的已经离开象牙塔了。"

那个酷热的夏夜，感觉有一千九百九十只知了在我们窗口叫着，巨大的声浪里夹杂着一些无法辨别的诡异的声音，仿佛说一个宁静的年代结束了，另一个嘈杂的年代即刻就要来临。

第二天，我从宿醉中醒来时，对门那个长发男生已经走了。我的床头放着《北方的河》。

在这本书里，夹着燕园水底的另一张纸条。

"小叶子，亲爱的，我在你对面写这几行字，我生怕你会偷看一眼，我都会流出泪来。因为，我想，我是不会去美国的。你们都说，理想主义已经被埋葬在80年代了。可是，我去美国除了端盘子我还能做什么呢？如果我能用我学到的东西，为我的父母，为我的家人，为我的山山水水做点什么，改变些什么，你和我一定都会感到自豪的。相信我，你曾经爱过的是一个好人。"

后来，后来我再也没有见过我们的男女主人公。

再后来，嘈杂的年代就来了。我们从理想主义来到了消费主义，来到了精致的利己主义，我们迎来了无数的主义，直到我们彻底没有了主意。暗夜里抬起头的时候，发现星空里写着，"你正位于混沌的互联网时代"。

那个夏夜，回忆起来，纠缠着，像无数个世纪，而之后的二十四年，却短得像一个杂乱无章的夜晚。

GB，如果我没有记错，我们酩酊大醉的日子，就是今天，7月22日。其实我至今都不知道，燕园水最深的地方，到底有多深，你跳进水里捞出瓶子的时候，是多么滑稽的一幕。

我只知道，我心澎湃如昨。

月亮和三千元人民币

人的心脏有两个心房,一个用来笑,一个用来悲,笑的时候,不要笑得太厉害,以免触动悲的那一半。

第一次见到总编辑石俊升先生的时候,我只有二十二岁零三个月,当时他的职务还是《文汇报》副总编。那天我穿了一件比军大衣短一点点的老棉袄,猥琐而臃肿。

"怎么穿这么多?"总编辑很魁梧,言谈举止透着威严。

"雪豹皮夹克太贵了,要六百多块,我一个月工资才一百二,省吃俭用每月存三十块钱,猴年马月我才能穿少点。"大概第一次谈话总编辑就确定我是个话痨。

当时他露出一丝微笑:"最近还读点什么书不?"

"读《月亮和六便士》。"

"嗯,资产阶级的好书,说的倒是永恒的话题。就像你选的这份职业,不可能让你很富裕,但可能会让你很富有。你选哪个?"

我搓了半天手说:"可以都选吗?"

这回他笑出了声:"好,祝你好运!别写假新闻。"

在总编辑手下干了十来年。回头一看,还好,没写过假新闻,可能是因为写得太少。

唯独有一回,惹了麻烦,报道四川的油菜籽,算是个经济新闻,有点批评的意思,措辞尖锐,据说触怒了相关人员。总编室的人说,总编辑改了三天检查了,让我去他办公室做检讨。我站在他门口。他问:"字字属实?"我说:"属实。"他说:"你去吧,没你事了。"

我问:"就好了?"

他站起来,对我说:"有一句话,讲人生的,应该也适合新闻工作。大概是,人的心脏有两个心房,一个用来笑,一个用来悲,笑的时候,不要笑得太厉害,以免触动悲的那一半。"

新的世纪来了,总编辑六十岁了,退休前两天他在整理办公室,我的办公室和他一个楼层。那天晚上我过去说:"您也不找人帮忙理一下?"

他说:"不需要不需要,你也别来添乱。"

我说:"那我请您抽支中华烟吧,今儿从喜酒桌上顺来的。"

他吸了一大口说:"真的。"

我说:"单位里人都说您最器重我了,还说我是您干儿子,我咋觉得我也没捞着啥好啊,这根烟就算我第一次向您行贿吧。"

他斜了我一眼说:"干了一辈子,便士算是没挣着,下面有的是时间研究月亮了,也算一种境界不?"

我说:"这回您真富有了。"

总编辑退休后基本不来单位了,有同事说偶尔看到他威严地陪着太太去菜市场买菜,看到同事还不好意思地把塑料袋放到身后。我听说这事的时候特别开心,而且莫名其妙想起"富有"这词儿。

大概是2003年的春节,总编辑退休后我第一次去他家里看他。去之前想,空着手去总不好吧,买点啥又不懂。于是在信封里装了三千块钱。

那天聊起我要办《东方早报》,定位在高端人群。他想半天说了一个字:"难!"

走的时候我把信封偷偷放在桌上,一会儿他又拿着信封追下楼。他问我:"这是干吗?"

我急了:"没干吗,我自己的钱,您买点年货呗。"

他说:"我不需要这个,夜班很累的,自己买点好吃的,或者,买件皮夹克?"

我一直记得退休老报人斜着眼嘲笑我的神情。《东方早报》创刊的第一天,收到他的祝贺短信:"错别字一大堆,你们没有校对吗?"

此后的十年,我每年请他吃一两顿饭,中秋前、春节前。回忆《文汇报》的时光,听他没完没了地批评《东方早报》。

间或我发现,他的手脚越来越不利索了。其实,是病魔找上了他。

2013年春节前,我去家里看他,震惊地发现,总编辑已经不认识我了。他坐在轮椅上,漠然地面对着我。他太太想了一个办法,举着一份《东方早报》在他面前,问他:"你不是每天只要看这份报纸吗?现在想起来他是谁了吗?"

总编辑似乎想起什么，又似乎还是没有想起。他含含糊糊的表达，我还是没听明白。直到快离开的时候，他很努力地说了几个字，这一次我听懂了。

他说："宣传……刻板……要改。"

那个冬日的下午，我在刺骨的寒风里走了一个多小时，突然想起一件往事。

多年以前，他把我的一篇报道的其中一大段废话，缩改成八个字，"失之东隅，收之桑榆"。然后他告诉我：东隅是日出之地，桑榆是日落之地，你写那么多废话不就是想说落幕的时候可能会有点惊喜吗？

对不起，没有惊喜。

我们这些人挣不到惊喜的原因，是不是因为那轮月亮？连头都不用抬，连看都不用看，它一直就在我们心里。

那次去看总编辑，我其实是想去告诉他，我要做一个新的东西，一个叫"澎湃"的新闻产品，只是不用再印在他钟爱的纸上了。我好想再听到他说那个字：难！

对于这份事业，我们已经有过那么多的悲，以至于内心里的另一半不断在提醒我，笑着面对。

答案

无论我们经历过二十年怎样的人生,
是准备英勇地死去,还是准备卑贱地活着,
请抱紧你的理想。

我头一回知道世界上还有个感恩节,是在2003年。

我三十五岁那年,就是2003年,11月的第四个星期四下午,F君打电话说:

"今天是一个节日侬晓得不?"

我说:"勿晓得,搓麻将节吗?"

F君说:"勿要瞎搞,今天是感恩节,洋节,吃火鸡那个。"

我说:"哦对,好像听过!"

F君说:"总之就是要表示感谢,晚上我请客,九点前我加班，你自己扒拉两口。九点静安钱柜唱歌，接着再来顿夜宵，我还叫了老C，准时到哈！"

单位里的同事都叫我小Q，我和F君、老C都是1968年的，他俩是上海人。F君是搞检疫的，我是在采访时认识的他，人很聪明，也很乏味，女朋友谈了十年，准备拖到2004年才结婚。老C是个警官，上海人的模子。我们仨之所以偶尔小聚喝点酒，主要是因为他俩和我的身份一样——巴萨球迷。

"罗纳尔迪尼奥就是我们的神，巴塞罗那就是我的信仰。"

这就是接头暗号。

我九点半赶到静安钱柜的时候，桌上放了一堆啤酒，F君已经喝得满脸通红了，老C正在演唱无脑歌曲《三万英尺》。

F君提议一起举杯的时候，突然说："呃……我说一件事，十分钟就够了，说完就一个字不提了，但是不说我心里堵着难受。"

老C赶紧把他的《三万英尺》按了暂停，说："一会儿唱，得降两调，迪克牛仔这嗓子老沧桑了。"

我说:"有啥子沧桑嘛,现在都装大烟嗓,恨不得先抽三包烟再上台。"

F君清了清嗓子大声说:"呃……本来,跟我女朋友是准备明年2004年情人节领证的,五一办婚礼,不过上个月我俩体检的时候,她的肺部发现有个阴影!"

这回彻底安静了,别说三万英尺,三根针掉地上也能听见。

"后来,就要住进医院做进一步的检查,你们知道,就是还要活检啥的。"

"过了几天,医生说,可能是一种,大约是叫类癌什么的,总之有可能还好也有可能不好。不过还要等哪个副院长会诊什么的,不是最后结论。"

我忍不住说:"嗯……好像我老单位也有同事得这个……"

F说:"那几天,人有点蒙,女朋友只知道有个结节,吃得香睡得着,我一天都没睡踏实过。"

"昨天,最后的结果出来了!原来,什么都是好的,也不用开刀,随访就行。"

小Q和老C一起鼓掌:"有惊无险,必有后福!"

F君说:"不过,等待的那几天,有点微妙的东西,有一天,办婚礼的酒店打电话来对菜单的时候,我差点跟人吵起来,女朋友就在旁边,等我挂了电话,她说:'侬应该勿会有事体瞒着我吧?'我也不知道跟她说什么,直接就去买午饭了。"

F君说:"如果她真的是癌,而我选择不结婚了,我得是个坏人吧?"

"如果她猜到——我是说如果哈——我有那么一个迷惘和犹豫的心理过程,而她仍然选择结婚,装作啥也不知道,她得算是个好人吧?"

F君:"我要说的说完了,喝酒吧,好久没聚了。"

那一年的4月,有一首火遍大街小巷的歌,叫《十年》,是F君的最爱:

> 如果那两个字没有颤抖
> 我不会
> 发现我难受
> 怎么说出口
> 也不过是分手……

那天晚上他唱这歌似乎格外上头,自己把自己给感动得死去活来,直接吹了一瓶啤酒下去。

"那么问题来了,那两个颤抖的字到底是哪两个字?"

F君用布满血丝的疲惫双眼忧郁而严肃地看着我们提问。

老C说:"这是网上的梗,有人说是'你好',有人说是'分手',歌词后面都说了分手咋会是分手,也有人说就是'如果',这不成脑筋急转弯了嘛?"

我说:"看起来答案越是开放,这玩意儿写得就越牛嘛。"

忧郁的F君说:"我觉得,是'信任',一旦失去信任,在一块儿就没啥意思了。"

我说:"吃夜宵去吧,你喝多了。"

乌鲁木齐路上全是唱完歌出来打车的人,热闹非凡,鬼哭狼嚎,生机勃勃,听上去大家都要赶在这一天把所有的事情感恩完。

F君干呕了几声,人群马上吓得给他让出了一条道。大众出租的司机从车上跳下来拦着我们仨说:

"先给一百块清洁费押金再上车,你们这兄弟我看不保险。"

F君愤怒了："头回听说还有这么玩的，侬哪只眼睛看出我要吐了？"

老C摸出一百块："上车吧，别搞事情。"

F君坐在副驾驶座，兴高采烈："去小Q喜欢的桐庐人家，定西路安顺路，往华山路新华路走，小Q你看看，我没醉吧？"

车子经过幸福路，F君说："那边有个楼盘叫什么华山夏都，说是要卖四五万一平，吓煞人哦？我的浦东新房子才九千多一平。"

司机说："昨天拉了个搞房地产的，说将来上海的房子十万块一平也不稀奇，阿拉才是东方之珠。"

车到桐庐人家，某人没吐，司机非常满意，我们下车走了几步，司机又摇下窗子对F君说：

"阿弟，侬一路问的那两个颤抖的字，我估计就是：'房子'。侬想呀，没房子还结啥婚，恋个啥爱呢？"

桐庐人家里热气腾腾，人山人海，拥挤不堪，好不容易才抢到一个小桌子坐下来。唯一幸运的是旁边一桌是三个文质彬彬的女生。

"你们好！感恩节快乐！"F君热情地说。

没人回应,三双白眼翻了一遍。

不过这并不影响我们热情高涨且胃口大开地点了千岛湖鱼头、炒螺蛳……以及又一堆的啤酒。三十五岁的时候,尿酸问题好像还没提上议事日程。

我喝了两瓶后有点原形毕露,我说:"今天感恩节,这位先生又碰到峰回路转的幸运事,所以,我来给朋友们讲个笑话好不?"

"就是我们报社的夜班编辑有时候凌晨一两点钟下了班还会去巨鹿路的火锅店喝酒放松,感觉他们有用不完的能量!"

"上个礼拜有一天喝到一半没酒了,他们又嫌饭店的酒贵,有个小张编辑就跑到对面二十四小时超市买了一瓶白酒,回来兴高采烈地和我说:'小Q,今天捡便宜了,五粮液,优惠价,一百块。'我们都很高兴,你一杯我一杯喝完走人,叫服务员买单的时候,有人说这这这……商标上不是五粮液,是玉粮液。"

"这个笑话好笑不?"我慈祥地看着三个姑娘和两个傻男人。

老C说:"真冷啊,把女孩子们都冻坏了。"

女孩子们连翻白眼的兴趣都没了。

F君说:"我来讲个有文化的,你们知道《十年》这首歌不?如果那两个字没有颤抖,到底是哪两个字?如果你们的答案和我的一样,这两桌的单都我买。"

女孩子们似乎来了一点兴致,先是停止了她们正在叽里呱啦聊的话题,接着一起唱了一遍,然后,特别外向的那个女孩对F君说:

"你买不买单不要紧,我们三个都觉得,那两个字是:'现实'。"

F君说:"哎哟,赶巧了,我也觉得是,十年之功在现实面前败下阵来!"

我们买完单走到门口的时候,领头的那个姑娘跟出来,对F君讲:"以为碰到什么轻佻的人,想不到挺绅士。你的答案肯定也不是啥'现实',感恩节快乐!你,怪怪的,可不要败下阵来哦!"

时间已经快到一点钟了,老C打着哈欠问F君:"回家不,你没事了吧?明儿还上班呢。"

F君还没出声,小Q已经彻底嗨了:"这才哪跟哪啊!"

那个初冬的夜晚,我们仨最终决定打车去复旦校园里面混,因为三个人中两个是复旦的,老C说他长这么大还没去过复旦呢，今儿就舍命陪君子了。

我们坐在第一教学楼和相辉堂之间的凳子上抽烟，喝罐装啤酒，贼鸡毛爽。

我指着一教旁边的一块空地跟老C介绍："我们念书那会儿，80年代的时候，这地儿是一片小树林，还有个小坡，传说有几个学生在这上吊死了，大家都把这儿叫快活林。"

老C说："文化人就是会玩儿。"

F君是理工男，我是新闻男，不过一脚踏上相辉堂前的草坪时，我们都像回到了故乡。

F君说，1990年的毕业季，初夏时节，他躺在这块草地上读一本叫作《麦田里的守望者》的书，其中有两句话印象深刻，不得阿尔兹海默病一定忘不了，大约是：一个不成熟男人的标志，是他愿意为某种事业英勇地死去；一个成熟男人的标志，是他愿意为某种事业卑贱地活着。

老C搂着我的肩说："有人心情开始阴转晴了嘛，对不？话说，小Q你们这个《东方早报》搞得咋样了？快半年了吧，我看报摊上都铺满了嘛。"

我说："卑贱地活着。"

F君说，他觉得《东方早报》非常好，"至少不媚俗"。

小Q也想起一个细节,说起来1990年毕业季我也读过一本书,不是什么洋人的书,是鲁迅的书,我是在文科图书馆读的,一本叫作《坟》的书。

鲁迅在书里面提到过一个细节,说一个学生来买他的书,从衣裳里掏出钱放在他手里,钱上还带着体温,这体温"烙印了周树人同志的心",让他不能写"毒害青年的字"。

我说:"《东方早报》在书报亭卖一块大洋,好多读者每个清晨掏出大洋的时候,大约也带着体温,没有烙印我们的心那么夸张,但是温暖我们的心,让我们不能写'违背我们的心的文字'。"

那是21世纪的第三年,还是第四年?一个莫名其妙的夜晚,一个微凉的、荷尔蒙无处安放的夜晚,一个以感恩的名义怀念着过往、憧憬着未来的夜晚,一个误以为时间是无穷无尽的而我们会永远年轻、永不言弃的夜晚。

最后的最后,老C说:"我今天本来不应该对F君再讲什么,因为说好再也不提,不过,你知道,朋友嘛,知无不言。"

"其实,我想,感情这东西,没有什么非黑即白、不是对就是错的吧？你今天提出的这件事，已经说明，你是一个很好的人！"

我们离开的时候，东边五角场方向已经露出朦朦胧胧的光，三辆出租车各自仓皇而去。

我猜，三个司机大约都绕路了，我们醉醺醺地坐了好久、坐了好远，甚至在车上梦到我们穿过好多的风景，春夏秋冬、喜怒哀乐、油盐酱醋……下车的时候，已经是2023年的初冬，是我们五十五岁的感恩节。

2023年感恩节的前几天，F君发微信给我，说他很好，当然，爱人也很好。儿子高二，成绩很好，很懂事。

"目前的大学申请目标是：麻省理工。如果成功的话，也许后年我就可以和小Q一起在波士顿过感恩节了。当然，麻省理工何其难也，其难度是我们无法想象的。"

F君又说，之所以发这个信息，是因为他看到陈奕迅演唱会的视频，陈奕迅在返场的时候唱了《十年》，有一条热门的留言说：

"那两个字到底是啥字？"

"哈哈！"F君说："已经成了哥德巴赫猜想了。"

那天话到嘴边,我终于还是没说出口,我本来想说,二十年前,我就认定了那两个字一定是:"理想。"

只是,这两个字从一个五十五岁的男人嘴里说出来,真的会矫情到颤抖。

亲爱的F君,亲爱的老C,亲爱的读者,无论你是徜徉在2023年初冬的上海街头,抑或仍然徜徉在2003年那些悠悠的往事中,无论我们经历过二十年怎样的人生,是准备英勇地死去,还是准备卑贱地活着,请抱紧你的理想,感恩节快乐!

曾经飘落在我们肩上的

我想，抛开那些浮华世界的种种，
一定有这人世间最宝贵的二个字：
宽容、爱。

1990年，我分配到《文汇报》工作，报到的当天，一个叫滕奎元的后勤同事帮我们办入职手续。老滕不是我想象中的《文汇报》的文化人形象，他身材矮小粗壮，声如洪钟，吼一嗓子觉得浦东农村都听得见。

"籍贯"这一栏，我认认真真地填写"重庆璧山县"，老滕就豪爽地大笑起来，"bie 山人……"然后撸两下我的头，生疼生疼。

那个年代《文汇报》没有什么外地人，不像在复旦校园，大家都说普通话。这里，是上海话的汪洋大海，就像看反恐《24小时》一样,眼睛眨巴两下就漏掉重要信息,我一不留神儿就不知道他们在讲什么。

中午吃饭的时候才知道,"璧山"的上海话发音和"瘪三"差不多,忍不住想:"册那娘额老滕……"

晚上十一点一个人待在没有窗的单位宿舍里,远离了父母,也远离了老师同学,心中有一种现在流行的叫"emo"的情绪。

正准备清唱一首《跟往事干杯》的时候,突然又想起旧被子扔了,新被子白天忘了买,什么都没有。9月的白天很热,晚上已经有点凉了,突然鼻子一酸,觉得应该清唱一首《生活啊我去你大爷滴》。

敲门声:"bie三,bie三……"

打开门,又是小钢炮老滕,手里抱着一个干净的枕头和一条毯子。

"小bie三,侬阿是啥都没?我一眼就看出来了,拿去,送给侬,别贪凉快,毯子搭在肚脐眼上,肚子别冷着。"

毯子搭在肚脐眼上,暖暖的。

当晚,在工作后写给爸妈的第一封信上,我说:"他们对我善良相待。"

二十年后老滕去世了,无声无息地走了。

有一天,一个有钱人老克勒请我们一堆人在半岛酒店吃西餐,这个人一副天上知一半,地上全部知的作派,指着旁边圆明园路说:"《文汇报》以前就在这里,上个世纪八九十年代,这里面好多通天的人,小邱应该知道一点。"

我那时已经五十岁了,听到人叫"小邱"恨不得把丫拖到乍浦路桥上吊起来。

我说:"我就认识一个叫滕奎元的,要是我将来有一片天的话,他就是通天的。"

20世纪八九十年代的《文汇报》有很多的牛人,但是如果有一个人说他不是牛人,那其他人都得老老实实做回凡人。

马达先生,我们进《文汇报》的时候,他已经从领导岗位上退下来了。牛人退下来后多少都会有点类似"产后抑郁"的情绪,老马似乎也不能免俗,尽管他在淮海战役就拿过枪,觉悟已经够高了。

我陪他去黄山参加一个研讨会,先坐缆车,再弯弯绕绕爬三百多级台阶,到我们住的酒店。

老马爬山还马马虎虎，十分钟能爬个二三十级台阶，但是反复说同一句话：

"我要小便！"

小便了四五回，小树丛旁边，美丽的迎客松树后边，云雾缭绕的悬崖边，我一直像个道具一样挡着他，生怕有女士突然出现偷看老马的新闻理想。

当天晚饭的时候，老马说："我还是复旦新闻系的客座教授呢，现在不当官了，估计也没人想读我的研究生了。"

"我看你小子倒挺活络的，干脆就你读我的研究生吧。"

我说："我本科读了两年就不想读了，咋可能再想读研究生嘛？"

"你你你……"老马说，"算了，今天便宜你小子，我就免费给你上一堂课。"

他就开始讲办报，以及刊发《伤痕》《于无声处》这些作品的惊人往事。

他说："政治家办报是战略层面的，基本也是一句废话。只有信息对称是技术层面的，确保信息对称才是你生存的根本。"

老马讲了两个半小时后要求我讲听后感,"你讲一分钟就可以了,我要去小便。"

我说:"听了觉得比读四年本科管用。不过,除信息对称之外,宽容,是不是也是某种秘而不宣的原因。"

老马头也不回地去卫生间小便了。

办《东方早报》的第二年,我因装修房子在陆灏先生家借住了大半年。武夷路的高层,两室一厅,他一间我一间,当中是客厅。

陆灏那个时候做了《万象》,是像《读书》的沈昌文先生一样的人物。

每天晚饭后,他一般都在客厅里写字、画画,我一般都在单位里看版面,经常也出去拉广告应酬。

难得的休息日我主要是在自己房间里看抗战剧。那时刚看完《亮剑》《历史的天空》,觉得还不过瘾,后来又发现了两个人,一个叫连奕名,一个叫柳云龙,自导自演,怎么帅怎么来,柳云龙的军装领子一直都竖着,像穿POLO衫一样,连奕名还套一个黑色披风,往阵地上一站,不管是炮弹、机枪子弹、步枪子弹,全吓得拐弯走。

每回我看得兴高采烈的时候,陆灏先生就从客厅走到我门口叹气:"你看的这些东西,我听听台词就知道完全没逻辑。"

我说:"管他有没有逻辑,咱老百姓就图一爽。"

陆先生长长地叹口气……

如果说上海是文化人的码头的话,那陆灏家的客厅差不多就是和平饭店。这里三天两头有聚会,热闹非凡,我偶尔早回家就搬个小板凳坐在旁边陪笑。

梁文道先生,现在大家都叫他道长,总是那么温文尔雅。张大春,喝了酒后就又跳又蹦的,估计楼下人已经磨了半年刀了。后来我看到说罗大佑写了《明天会更好》的第一遍歌词,张大春和张艾嘉他们又改了一道,不禁对大春先生又佩服了几分。客人里面有个特殊人物,阿城先生,大家都叫他阿老,阿老的学问大家都佩服。后来,我差不多读了他所有的书。他讲话慢条斯理的,但是挺逗,有时还弄个烟斗还是雪茄什么的抽抽。他一讲话大家都安静地听,这是我头一回对江湖地位这件事有了些认识。

陪了半年笑我就和陆灏先生说:"要不就把来家里坐过的人聚在一起给《东方早报》做个《上海书评》栏目吧。"

陆灏那个时候才四十岁出头,精力充沛,大家都叫他威海路梁朝伟,"梁先生"爽快地答应了。

《上海书评》做得挺好,"身材模样"都不错,往来没有白丁,各派思想都还行,是一正常人儿。

1904年,美国作家亨利·詹姆斯来到爱默生的故乡康科德河畔时,曾感慨万千地说:"撒落在我身上的不是红叶,而是爱默生的精神。"

我在办《东方早报》时读过一点"美国孔子"爱默生的书,看不大懂,大约是说比较尊重个人,甚至"无限的个人"。

今年夏天带着女儿从爱默生的故乡回到我们的故乡,下了飞机看到一个让人难受的新闻,说知名的财经评论家叶檀身体出了一些状况,她曾经也是《东方早报》的一员。

檀姐姐是"东早"开创时的评论部主任,这段短暂的经历与她之后进击的人生相比,似乎不值一提。

第二天我去叶檀家看她,她跑出家门来接我,满脸笑容,步履轻盈,状态很好。大约有十几年没有见过面,今年,我们在酷热的夏天重逢。

她说:"还留着两个一样的圆圆的发型。"

我们坐在叶檀家里聊天，她拿出一大堆零食给我吃，说自从身体出了些状况后，就非常馋垃圾食品，可是她又不能吃，所以，最开心的是看别人吃。

于是，我吃了凤梨酥、昆布糖以及各种饼干、各种水果……

如果可以让叶檀更加健康快乐的话，我想我还可以吃更多，除了我的吧唧嘴比较招人烦以外。

叶檀家自己的园子，她已经把它打理成一个开放的、可以让邻居们都驻足休息的地方。窗外是35℃的高温，蝉鸣声一刻不停，室内是欢声笑语。我们聊起二十年前的往事，也聊到创业的艰辛，时光流逝，很多快乐，很多悲伤。我们逆水行舟，奋力前行，却总是被推回到往昔的岁月。

《东方早报》的二十年，这个国家的二十年，我们每个人的二十年，到底留下了什么？我想，抛开那些浮华世界的种种，一定有这人世间最宝贵的三个字：宽容、爱。

第四章

回家,再回家

无论你的夹竹桃是开在阳台,

还是盛放在心里,

总有微风吹过那些朴实无华的白色花瓣,

吹过我们心头。

雾与光

每当此时,总会有一丝丝的光亮穿过浓雾,
引领我们,慰藉我们……

秋天来的时候,我准备收拾行李离开故乡的小镇了,和九十二岁的老父亲朝夕相处了两个半月,过完了整个夏天,终于要说"再见"了。

我告诉他,冬季的时候,我会再回来,陪他迎接新年,一起过春节,一起体验雾都重庆明明只有10℃却会生冻疮的冬天。

从十八岁离开这里到上海读书、工作,此后的三十七年里,我虽经常回来,但停留的时间都很短暂,即使是春节,也多是四五天而已,像这样的陪伴,似乎还是第一次。

某个早晨起来,看到雾蒙蒙、阴沉沉的天,我不禁想,如果真的有时光机的话,我该只有十九岁,一大早背着我的军挎包,走到长江边背诵语文老师刘老师昨天布置的课外阅读。

刘老师非常敬业,他朗诵课文里郭小川的《甘蔗林——青纱帐》,情绪饱满,唾沫星子横扫教室的前三排。

> 可记得?我们曾经有过一个伟大的发现:
> 住在青纱帐里,高粱秸比甘蔗还要香甜;
> 可记得?我们曾经有过一个大胆的判断:
> 无论上海或北京,都不如这高粱地更叫人留恋。
> 可记得?我们曾经有过一种有趣的梦幻:
> 革命胜利以后,我们一道捋着白须、游遍江南;
> 可记得?我们曾经有过一点渺小的心愿:
> 到了社会主义时代,狠狠心每天抽它三支香烟。

2023年夏天的早晨,想起昨天写东西的时候,真的只抽了三支烟,忍不住捋了捋下巴。

北岛他们后来不喜欢贺敬之和郭小川的诗,说"除朗朗上口外,跟我们没什么关系,就像票友早上吊嗓子。"

这些观点我也不知道对不对，但是刘老师的嗓门真的很大，四十年了，余音袅袅。

故乡小镇之后的三十七年一定是存在的，时光机抹不掉该有的记忆。

小镇的人多了很多，像是一夜之间冒出来的，大家总是友善地打招呼，老父亲似乎认识一万人中的五千人，这大概是他每天要轮椅出游两回的主要原因。

当然，人多了之后事儿也不少，大街上都是宠物小狗，它们恣意洒脱地奔跑，从来没有牵绳遛狗这一说，我猜，这里要有人牵绳遛狗的话，一定会被认定为是虐待小动物。

8月末，有一天去看了场电影，人很多，不过感觉每个人都带着吃的，瓜子、爆米花，还有"麻爪爪"，就是一些卤过的各种翅膀和脚。诺兰要是知道我们是在一房间的麻辣烫味道中欣赏他的大作，估计得气出核辐射来。

可是，这，大概就是我的故乡，我的小镇，我割舍不掉的人生。

这个夏天坐在长江边的时候，我终于相信，我们这一代已经像潮水般退去了，我大约是拖在最后的那几个，迟迟不肯鞠躬谢幕！而新的那一代潮水，似乎从来没有让我加入的意思。

20世纪70年代的某一天，学校组织我们去看重新公映的电影《上甘岭》，里面有一首歌，叫《我的祖国》，乔羽作词。

刘老师领着我们从长江边回学校的时候问我们："你们知道'一条大河波浪宽'说的是哪一条河吗？"

我怯生生地抢答："就是我们眼前的长江吧？"

刘老师说："很对！乔羽是北方人，他是看到了长江才写出了《我的祖国》。不过呢，也许，一千个哈姆雷特就有一千条河，每条河都是每个人的故乡，都是我们的祖国。"

很多时候，从家里沿着江边去上学的路上，我们都要小合唱，唱得最多的，就是这首我曾经抢答得分的歌：

> 一条大河波浪宽，
> 风吹稻花香两岸，
> 我家就在岸上住，
> 听惯了艄公的号子，

看惯了船上的白帆……

夏日里独坐在长江边的时候,除了认定我们这一代已经退去,还有一个更加浓烈的想法:回来这里终老。

因为,那些眼睛里都讲着同一种语言,用同一种心灵感应领会着天地这部大书。

故乡这三十七年,过得好不好,不太能一言以蔽之。

听父亲说,住在我们家对门的朱老师一家,两个儿子本来都挺有出息,不过这几年,境遇凄惨。

先是朱老师自己患癌,忍受不了疼痛,最终从楼上跳下,自己死了,还砸死了楼下几个闲坐的人中的一个,身后事烦乱不堪。

一个六十出头的小儿子也瘫在床上,不能自理,他的哥哥快七十了,要照顾一堆的人。

父亲在讲这些的时候,我忍不住插嘴:"你还是好的,你看,我们这么多人围着你转,晚年多幸福。"

老头长叹一口气:"唉,我们都要先天下之忧而忧噻。"

小镇的经济到底好不好?我没把握。因为没有调查就没有发言权。

目力所及，车站的大广告牌上，比较寂寥，所有的广告内容都是三句话：

"讲文明，树新风。"

"努力创建文明社区。"

"我在重庆很想你。"

我不喜欢没有灵魂的字，四十年了，我至今都还记得初三毕业时刘老师写给我的留言，是俄罗斯诗人的几句诗，我不知道是谁写的，它说：

> 我们俩不会道别，
> 并肩走了很久，
> 已经是黄昏时分，
> 你却沉思，我却沉默。

重庆今年的夏天并不热，或者说，就热了短短的十几天。除了陪伴父亲，每天最悠闲的时光，就是在街对面的咖啡馆度过，最后一个月，我一直在手机上看一本叫《光荣与梦想》的书。

这本书一上来的章节就叫"谷底"，还引用了威廉·华兹华斯著名的诗句：

那如幻的灵光逃到哪儿去了?

那光荣与梦想,如今到哪儿去了?

  从有记忆开始,故乡就是著名的雾都。在那些艰难的时光里,雾仿佛就是阴郁和压抑的代名词,甚至让我们在渡过上学路上的小河时,无数次的彷徨无助,但是每当此时,总会有一丝丝的光亮穿过浓雾,引领我们,慰藉我们,给予我们友谊和勇气。

  雾与光,也许,就是故乡的哲学,生存的哲学,面对艰难时世的哲学。

黄溪河边

夏天河水会涨起来，淹没了摸着石头过河的石头，父亲和母亲会轮流搀扶我们过河去小学上课。

我们小镇上有一条黄溪河，涓涓细流，在此地汇入长江。童年的时候，黄溪河不是细流，是一条小河，夏天河水会涨起来，能淹没摸着石头过河的石头，父亲和母亲会轮流搀扶我们过河，把我们送到小学去上课。

那个时候，母亲是我的右脚，父亲是我的左脚。现在，右脚已经永远离开我了，左脚肿痛着。

家里老爷子的身体状况，感觉一年不如一年。2022年之前，他一天能走一万步，每天上街逛两回，各种凑热闹，乐在其中。而现在，每天走两百米，就得赶紧停下来大口喘气，八抬大轿赶紧伺候着——我推轮椅，马上接驾。

重庆的冬天比较阴冷，或者说是把阴冷演绎到了极致的冷。比如我太太第一次来重庆时，重庆的户外温度有12℃，没过两天她竟然生了冻疮。这个冬天，老爷子的左脚开始莫名肿痛。

我们一个星期去了三回医院，仍然查不出个所以然。似乎什么健康指标都是好的，脚好像也不怎么痛了，奇怪的是仍然肿着。腊月二十九，当地的领导关心民众疾苦，前来探望老人，还把一名老中医带到了家里，给父亲望闻问切了一个多小时，最后开了药，罗列了一些注意事项。

我本来希望他的左脚可以和重庆的天气一样，在正月里好起来，现在看来，是我乐观了，老祖宗讲的"病去如抽丝"不是没道理。

大年初一的下午，太阳不负众望出来了，我推着他去江边逛了一大圈，来到了他遛弯儿常去一个地点，结果又让他失望了：镇上唯一的报刊亭，年初一不开门。老头每天都要买报纸看，阅读量巨大。亭子里的老板每每大老远看到老老邱同志来了，就像打了鸡血一样冲出来大喊：

"客户你好,《环球时报》《报刊文摘》《新周报》,一共七块钱。"

总之,大年初一这一天,老爷子的精神食粮没有买到,左脚仍然肿着。

逛街逛到一半,革命的老同志已经在轮椅上睡着了。太阳快要落山的时候,老头在轮椅上醒了过来,说:

"都是美国人在搞鬼,又是贸易战,又是病毒,又搞垮我们的股市,还把我的左腿搞成恁个样子。"

如此这般,"在很久很久以前",一个讲述了一千遍的故事又讲了一千零一遍:"抗美援越的时候,美国人就用了气象武器,搞得天天下雨,泥泞不堪,我们支援的物资,根本送不上去。"

我和我的老兄弟小徐第一次听这个故事的时候,都表示没有听过,老头并不在乎我们有没有听过,只说:"你们懂啥子嘛。"

如果要按照时下最流行的"有理不杠非君子,三观不对盘立即拉黑"的辩论思路,我和我家这位"90后"的父子关系迟早会因为辩论无果陷入僵局。

不过大年初一这一天,天儿暖洋洋的,虽然为了他的左脚,我的左膝盖也已经又胀又疼,但一切还是以欢乐祥和为主基调。于是我便提出我俩一起演唱一首他最热爱的《红梅赞》：

"来，我先起个头！"

  红梅花儿开，

  朵朵放光彩……

"唱！"

  红梅花儿开，

  朵朵放光彩，

  昂首怒放花万朵，

  香飘云天外。

  唤醒百花齐开放，

  高歌欢庆新春来，新春来！

老头说："不唱了，脚胀！"

我没忍住顶了一句嘴："要我说，你的这个左脚，肯定跟美国人没得关系，只能叫'人穷怪屋基，瓦漏怪桷子稀'。"这是重庆言子儿，土话，我也不知道怎么翻译，大约是说，自己不找自己的原因，老是把自己不幸的原因归结到其他因素上。

这下捅了马蜂窝，"90后"在轮椅上大声批评："你们这些小崽儿，不读书不看报，天天刷手机，迟早吃大亏。"

我再也不敢吭一声，想想，我们不仅读书看报，而且还办过报，只是比较难办，越办越难，快要办出精神病来了，只能作罢。

故乡的长江边放了很多免费的乒乓球桌，让老百姓锻炼身体，老头这两年看到那些活蹦乱跳的老头老太，满腔悲愤，羡慕不已。

他观看了一刻钟总结说："中美关系，小球推动大球，乒乓球也是有过大贡献的呦！"

如此这般，我又必须得承认，我家"90后"的三观，似乎又并不偏颇。

我说："我的老同事采访过中美乒乓外交的见证者，其中有一个细节，说是那个很厉害的叫科恩的美国球员，是个嬉皮士，他在北京访问的时候，突然向周恩来总理提了一个预案外的问题，他问周总理，如何看待美国的嬉皮士运动?周总理回答说,年轻人在追求真理的道路上可能会做出各种各样的选择,但最终他们都会选择真理。"

大年初一的这一天,我讲的这个小故事,说明我读书看报,让老头琢磨了好久,表示很有意思。

我们住的这幢楼,进大门前有个小坡,外加一扇随时可以自动关上的大门,推轮椅的人会非常不便,大门里面,有两桌打麻将的退休老太太,每天输赢十块钱左右,乐此不疲。

我推着老父亲一到门口,总会有一个八十岁左右的老太站起来,帮我们拉着门,几个月如一日,我们说了一百多遍"谢谢"。

有一回我实在没忍住问:

"这个雷锋老太是咋回事?又不是咱家佣人?"

老头说:"哦,那是以前我们副县长的太太呢。她年轻的时候,就是还没嫁给副县长的时候,有点经济上的事,我就是负责侦办的人,事情不大,都没什么钱,东西也退回了,我就找她谈了一次,帮她给上头汇报、担保了,我让她不要有负担,好好工作。"

我说:"你担保有个啥子用。"

老头说:"啷个没得用,人家后来好多年都是先进,嫁的先生也很有出息,最后还当了副县长,生的两个娃儿都是大学生。有些事情,重一点,毁别人一辈子,轻一点,救别人一生。"

我说:"现在流行的话,枪口抬高一厘米,你听得懂不?"

老头说:"听不懂,抬高一厘米鸟不是飞俅了。"

老太太有一天在楼下碰到我,说听说我家老头的左脚肿痛呦,我说去看了一回,好像问题不大。老太太很震惊:"还问题不大,你要高度重视,你们老头是从来不说痛的人,他都说痛,肯定嘿痛!"

"以前反右的时候,你老爸的同事差点被打成右派,上面喊你老爸检举他,你们老头说,这个人没得问题。上面说,你不检举他,你就有问题。你们老头说,'他没有问题,我也没有问题,其他无可奉告。'你老爸后来吃了不少苦头呦,不过还好,最后两个人都没被打成右派。"

如此这般,我们老头的三观是个什么底色?

"无可奉告。"

新年的时候,我帮他整理了读过的报纸,因为实在太多了,也找不到收旧报纸的人,只好都堆在客厅的角落里,结果有一天,我发现了一个有意思的事情。

连续有几天的报纸,都被老爷子折在同一个内容上:自由前进党候选人哈维尔·米莱当选阿根廷总统,阿根廷股市狂飙,全国大罢工考验米莱新政……

某一天推着轮椅出行的时候,我忍不住问了一个问题:

"你看得懂一个叫米莱的人?"

他云里雾里:"啥子?"

我说:"哈维尔·米莱,阿根廷的新总统,他在达沃斯喊了一句口号:'自由万岁,妈的。'"

老头又想了很久,突然有点小兴奋:"这个人值得研究哦。"

我说:"研究个啥子嘛,他是美国人的走狗哦。"

这回轮到老头没劲了:"那倒是,货币都用美元了。"

正是这个莫名其妙的话题,在新的一年到来之际,成了我俩在逛街的时候偶尔可以聊聊天、互动一下的动力,事实上我发现,他根本就是前读后忘,但是似乎有什么神秘力量让他非常关心这个"疯子"的一举一动,事实上,还推动了我大量阅读有关米莱的几乎所有内容。

有一天经过银行门口，我说："米莱有一句竞选口号，'我要炸掉中央银行'，这不是一个隐喻，这是字面意思。要得不，疯狂不？"

老头说："字面意思是个啷个意思？"

我说："就是真的炸掉，或者高度准确地说，叫摧毁。"

老头说："阿根廷因为通货膨胀嘛，民不聊生，钱不值钱。当初国民党反动派倒台的时候，我们买一斤米都要几捆钱。"

有一天刷短视频，我看到一个金教授，在台上讲，南美洲总是提供教训，非常高兴米莱再次提供一个教训。我把短视频给老头看，他简直看了一万年，耳朵也听不见，饶有兴趣地贴在右耳边听了半天。

我说："一分钟的短视频，你硬是看到我把三国演义都读完了。"

老头把手机还给我说："投机分子。"

我说："你这个老公安思想不对头哦。"

老头说："实践才是检验真理的唯一标准，啷个刚开始就下结论是教训。"

老头说："投机分子的特点就是你把他带到派出所，

裤裆里面来一脚,他该说的不该说的、真的假的全部说了。"

我忍不住笑起来,破例给他买了麦当劳冰激凌。

老头吃着冰激凌跟我说:"你说的这个人叫啥子,我又搞忘了。"

"米莱!唉,跟你讲话太累了,麻俅烦。"

"还有你说的那个经济学家,叫啥子克?"

"哈耶克,算了,你吃冰激凌,要化了。"

"哈耶克,米莱,人就是要学习,不学习要落后。"

老头的甜食整完了,想起来一个话题,说:"你晓得不,米莱这个疯娃儿,以前是踢足球的,后来发现足球救不了国,去学经济学,当总统,救国,我觉得了不起,年轻人要有报国救国的志向。"

我说:"那万一他反而害了国呢?可能性不会低于50%。"

老头说:"对头!同意你说的。天若有情天亦老,人间正道是沧桑,毛主席讲的这个沧桑,就是不断改革、不断发展、不断前进,这是必然规律。"

我说:"厉害了我的老头!虽然不知道你说的是啥子。"

有一天晚上，我接到一个企业老总的电话，讲了很大胆的思路，和现在热衷的企业出海有关，我琢磨了半天说："不急不急，三思而后行。"

老头推开门进来，说："我觉得这个叫米莱的人还有一个特点，有点像重庆崽儿，做事情果断，不拖泥带水，你觉得呢？阿根廷这个地方，报纸上说的，叫作国难当头。国难当头的时候，容不得三思而后行。"

我说："重要的事情说两点，第一，不要半夜三更偷听我打电话；第二，朋友要做大事，我先冷静分析，不拱火，没得错。"

老头说："那是那是，我的听力不好，没有偷听，是你讲话声音大。"

我在新年的晚上乱翻书，看到钱穆注《论语》，在"三思而行"下面注曰："事有贵于刚决，多思转多私。"

黄溪河流入长江的地方，总是有很多人钓鱼，我还经过一家渔具店，生意不错，叫"忘不钓"，无语。

读大学的时候，有一年暑假我和朋友汤总去姐姐工作的绢纺厂玩，她的一个老头同事嫌我们太吵，把我们带到旁边的鱼塘钓鱼，钓了一个下午，一条鱼都没钓上来，汤总没耐心了，扑通跳进水里，东游西窜，冒出头来说：

"里面根本就没有鱼！"

要钓鱼首先要确认水里有鱼，据说是芒格说的，反正鲁迅肯定没说过。

关于哈维尔·米莱的话题，在黄溪河边渐渐告一段落，天气越来越暖和，老头的左脚慢慢有了转机。甚至，在我离开重庆的时候，我还预约了阿根廷的作者，为我们带来"自由万岁"的米莱后续的内容。

在我家"90后"那颗"什么都是美国人干的"的心里，似乎，还埋着"真理万岁""报国万岁"的三观。

我们还未到互相拉黑的程度。

腊月二十九的下午，去重庆巴南区的中医院帮父亲拿好中药，想起明天就过年了，应该去南山看看母亲。

天下着小雨，叫了辆滴滴专车，山路弯弯，开了一半，师傅说："你定位在西南门，你要去的这个南山龙园小区，还有别的门不？"

我突然有点小尴尬："师傅，我要去的这个地方，不是小区，是一片墓园，你要是不想去的话，我可以换一辆车。"

师傅说:"哦,这样啊,下雨,天冷,没事的,你去好也叫不到车,我在那边等你。"

我在南山龙园的半山腰上待了半个小时,把这一年所有的事都和母亲讲了一遍。雨越下越大,墓碑前放的白色小花,心事重重地散开来,像这一年无数个哀伤的碎片。

重新把花扎好,压在一块石头下面,我说:"妈,我回去了。"

回到家的时候,天已经黑了。

我说:"爸,我去看过我妈了。"

老头说:"哦。山上还好不?"

我说:"山上有啥好不好。山上的人只希望山下的人好。"

他说:"那倒是,你看我这个左脚,南山也爬不上去,心有不甘啊!"

记得2022年底,母亲在ICU里去世的时候,我还在国外,我的老同事去家里告诉了他,几个同事做好了所有准备,甚至连救护车都安排了,老头听后看着窗外,沉默了好久,回头说:

"我晓得了,辛苦你们了。"

这是疫情三年他遭到的第二次沉重打击。

2020年初，我六十岁的哥哥去世了。老头有一周都没怎么说话，有一天突然问我一个问题：

"文化人，问你一个问题，老公死了的女人和老婆死了的男人，都有一个特定的称呼，但是娃儿死了的人却没有，是不是？"

我说："没有。"

大河奔流

他的记忆，我的青春，
都在大河奔流中，汹涌而去。

和老赵最后一次见面是 2009 年的夏天，在重庆老家的长江边上。老赵退休后和他老婆在江边开了一个茶坊，据说一个月可以赚几千块钱。

老赵二十多年前教过我们初中课程，我也记不清他教过些啥，就记得他在黑板上写字的时候，我们都在下面交头接耳，这时老赵"啪"的一个转身，粉笔头准确命中带头讲话的人。

2009 年夏天，老赵请我喝了一杯竹叶青，还说他的老房子被拆了，但补偿还可以。

"算俅了，人不就是三顿饭一张床。"不过老赵看看眼前的大河，一脸茫然，他说记忆就像河水一样流走了，永远也回不了头。

2013年的夏天，我回到江边的时候，只碰到老赵的老婆。她说老赵死了，是2012年的事。死前身上三个地方都发现了癌，晚期，老赵痛得吃不消，又心疼他的钱，就走到茶坊前面的江边，从十来米的高处跳下，淹死了。

老赵淹死了，这对我来说是天方夜谭，因为三十年前老赵告诉我们他和毛主席一样横渡过长江，而且还游了一个来回。

"横渡长江？神经病。"老赵老婆说，"他又不会游泳。"

尽管当时我很悲痛，但想到这家伙骗了我们不少，我也只剩一脸茫然。

后来准备走的时候，发现柜台后面有一大堆破旧报刊，其中四个字特别显眼——《东方早报》。

老赵的老婆说，他2010年曾去过上海，这是他去过的最远的地方。跟着一帮夕阳红旅游团本来想去看世博会，结果还差好久才开始。他也不好意思来麻烦我们，只在路边买了一份《东方早报》。

他回去说："上海，格老子好漂亮啊！"

那是2010年1月21日的《东方早报》。头条新闻说,《东方早报》请一千名世博工地的建设者吃了一顿晚餐,是在国际会议中心。在这条新闻的旁边,老赵用红墨水笔写了几句阅后意见:

"志存高远,心怀贫弱,小邱娃儿,不负我心。"

那天气温差不多有40℃,走在马路上的时候,我满脸都是汗,用餐巾纸擦了半天,才发现自己流了眼泪。毒辣辣的烈日里,我看见了三十年前的学校,已经过世多年的祖母,还有我们从未渡过的那条梦的河川。

好了,老赵的故事讲完了。很抱歉,就连最后的包袱,我也抖得平淡无奇。只是我一直告诉我们的编辑记者,也许每一条新闻,都这么平淡无奇。当你需要英雄的时候,他是卑微的;当你需要清白的时候,它是狡黠的;当你需要赞歌的时候,它是充斥着利益的。可是,在这个充满悖论的年代,如果没有迷雾中的洞察者,没有茫然中的悲悯者,没有疼痛中的激昂者,我们,人民的新闻工作者们,将无比愧对那些卑微甚至卑贱地生活着的老赵们,那些纵身一跃的老赵们。

他的记忆,我的青春,都在大河奔流中,汹涌而去。

霍华德医生

一晃,十年过去了,
再也没听到过霍去病的消息。

今年夏天的时候,我住在重庆小镇的老父亲家里,他们这幢老楼大约三四十年了,住了几百户人,残破不堪。不过,对父亲来说,这就是他的梦中情屋,他住在这儿的幸福指数不亚于盖茨比的长岛豪宅。

这幢楼一层住八户人家,走道里的灯是声控的,您能理解我说的这个声控吗?

这么说吧,二十年前,我三十五岁,一出电梯我就一跺脚,灯亮了。十年前,我四十五岁,左膝盖不大灵,跺不动了,一出电梯就拍拍手,灯亮了。

今年我五十五岁了,拍手都拍不动了,我就观察了一下家里九十多岁老父亲是怎么把灯搞亮的。

原来,他是周杰伦嘻哈式搞法,一打开家门,嘴里:"哼!哈!"灯竟然就亮了。斜对门小学一年级的小眼镜一听到老爷爷的"哼哈",立即打开家门跳出来:"快使用双节棍!"

楼道里八户人家都有各自打开灯的专属声音,最角落一户女主人,她发出的声音我真的很难言传,但是我想她先生都不介意,我们操个啥闲心呢?

每天早上七点三刻左右,是上班上学的高峰时段,楼道里各种叽里呱啦的声音,故乡人民快乐的一天开始了。

外公外婆家以前在渝中半岛的民族路163号,一推开窗就能看到解放碑。

我小的时候,听大人说,解放碑下面埋了日本什么高官的军刀还是手枪,引起了我们儿童团浓厚的兴趣。

小时候在外婆家过年,年初一开始我们就围着解放碑团团转,话说金字塔都有机关,摁一下就"芝麻开门"了,但是解放碑没有"芝麻开门"。在这个庄重而严肃的地方,小家伙们想看刀枪,没门!

2010年，年轻的美国医生霍华德到重庆来参加一个项目，他是眼科的，项目是到重庆的乡村帮那些患先天性眼疾的小孩开刀，不知道是不是白内障这种，总之是一个免费的慈善项目。跟他搭档的是我重庆的酒肉朋友汤总。

有一天，在重庆的万州，一个农民带来了一儿一女，两个孩子都看不见。但是项目费用只可以帮每个孩子各治好一只眼睛，这样他们至少可以正常生活。

沟通了一下，老农提出了一个令人震惊的方案。他想能不能把儿子的两只眼睛都治好，女儿就算了。

汤总跟霍华德讲了个大概，老霍惊讶得自己的眼睛都快瞎了。

最后的结果，霍华德说他愿意自己出钱，帮女孩治一只眼睛。这一次，特别抠门的汤总也没有怂，他出了女孩的另一只眼睛的钱。

最后，两个穷苦的孩子，意外地开始了全新的生活。

干完活快过年了，汤总请霍华德在重庆吃火锅。我们几个小兄弟都去了，都夸老霍是个好人，我还给他取了个中文名儿，叫霍去病。

霍去病喝了点五粮液，中文就更好了。说他的继父的父亲的哥哥（关系是远了一点）是飞虎队队员，往重庆运过物资，跟日本鬼子的"零式"战斗机殊死搏斗。

听了我母亲悲惨的童年，霍去病握着我的手说："comrade 邱（邱同志），我们来晚了。"

然后，自己干了一壶五粮液。

老霍喝了有半斤的时候，说了一件伤心事，说他前天下午从解放碑洲际酒店打车去南岸看以前美国领事馆的旧址，花了一百八十元人民币，回来的时候发现只要二十多块，才知道被前面一个司机坑了。

膀大腰圆的汤总气得跺脚，大骂害群之马，丢我国格，誓要找到这个司机。

霍同志既没要发票，也不记得司机叫啥长啥样，但是他醉醺醺地讲了个细节，说车牌的号码很好记，最后三个数字是"three three three"。

那天晚上，中国人民的好朋友霍去病沉醉于五粮液和老山城啤酒中，被我们抬到了洲际酒店的床上。

然后，有四个人在只有 3℃ 的晚上等在洲际酒店的门口，抽完了大半条烟。等了两个小时后，我的全身上下都僵硬了，我说："你们真是相信老汤这个家伙。"

霍同志后面两年还去过我们的几个村给小孩子开刀做手术，最后一次大约是在2013年，他说这个项目结束了，不知道是没有钱了还是其他什么原因，总之，本来挺好的事，就这样结束了。

我们在解放碑前合影留念，我讲起我们小时候找日本刀枪的故事，老霍兴奋得上蹿下跳，到处找机关。我最后还告诉他，据说，碑下面还埋着一颗日军投下的未爆炸的炸弹，当然引信已经拆除了。

我说："不过你知道，炸弹这玩意儿，可说不清楚，万一正好跺脚跺到关键部位，咣！"

老霍留下了最后一张照片，一跳三尺高，头发都被炸弹吓得竖起来了，美帝国主义的纸老虎面目暴露无遗！

一晃，十年过去了，再也没听到过霍去病的消息。

这个夏天，我在重庆家里看央视新闻联播。新闻里说，飞虎队老兵莫耶、麦克马伦在纪念活动的致辞中回忆了各自赴华参加抗战的经历和飞虎队员得到中国人民救助的故事。

秋天的时候，电视里报道说，莫耶和麦克马伦来到了中国，爬了长城，看了陈纳德的塑像，还在中国过了一百多岁的生日，温馨而美好。

我一边看着电视，一边忍不住想起霍去病继父的父亲的哥哥，也不知道这个曾经帮助我们轰炸过法西斯的老人是否还活在人世，是否来过重庆这个他曾经战斗过的地方，是否敢吃微辣的重庆火锅。

当然，我更想念善良的霍去病同志，我很好奇老霍曾经帮助过的重庆女孩现在过着怎样的人生，以及"333"的司机是否已经改邪归正……

阳台上的夹竹桃

总有微风吹过那些朴实无华的白色花瓣，
吹过我们心头。

2015年春节的某个晚上，我和小时候的朋友关二爷在故乡重庆的小店里吃串串。我们已经五六年没见了，只知道他在深圳生意做得很大，到底有多大我也不知道。

关二爷本名不叫关二爷，甚至也不姓关。我念高一他念高二的时候，小流氓来学校捣乱，关二爷出去五分钟，捏着一颗牙回来，流氓已经跑了，关二爷的麦乳精还是热的。

所以我才把一米八八现在已经两百斤的Y先生称为关二爷。

串串店里连喝啤酒的杯子都没有,就给我们俩破碗。关二爷十分钟就整掉三瓶,然后,他的脸就更加像关二爷了。他喝了五瓶的时候,店里的其他顾客都识相地跑了。再然后,他就对着我这个唯一的听众开始谈人生了。

"小邱,现在也叫个邱总了吧,你看你,最大的问题还是不耿直。你看看我,几瓶了,数一哈,六瓶了。你第三瓶还在咪一口咪一口……"

我说:"我已经想吐了。"

"扯淡吧,别说哥们不够意思,今天拉你喝酒,是要告诉你一个大秘密。就是多年前我打掉的流氓的牙,是我自己的。我一上去就被臭流氓揍掉一颗牙,但哥哥我攥着牙接着打,那帮孙子怕了,跑了。怎么样,秘密藏得深不?"

我说:"再不讲点有意思的我可真吐了。"

"哟,不给面子,今天成全你,说个秘密给你听,这个秘密我要是不说出来,晚上会睡不着觉。"

"你还记得长江边上那个粮站的宿舍楼不?离我们中学大概四五百米,俺的初恋女友就住在那里,记得不,我们高三(1)班最白的那个。"

我有点小兴奋起来说"记得记得",姑娘的名儿不记得了,就记得住在粮站那楼的502。

"对对,就是502,三十年前我的梦中情人,课桌在我的右前方两点钟方向。我觉得自己长得像秦汉,她觉得自己长得像邓丽君,这还不得整出点绯闻。"

"我和502有个小秘密,每次我经过粮站的宿舍楼,如果阳台上的小木桶里插着白色的夹竹桃,就是小时候说的烂鼻子花,就意味着502的爹妈都不在家,哥哥我会马上扔掉手里的劣质凤凰烟,像一阵烟一般飘上五楼去。"

我听得很兴奋,还吹捧说季羡林老爷子也赞美过夹竹桃烂鼻子花,但没你生动,十八岁就不学好,伤天害理啊!

"别瞎激动。其实也就是拉拉手抱一抱,连亲个嘴儿都怕怀孕啊。十八岁那年做的最多的事情,就是坐在她房间的窗口,看长江上来往的大船小船,还有那些穿得破破烂烂的拉船的纤夫。想到将来,无比憧憬,又惊恐莫名。"

"后来我考去了北京,502考去了成都。生活终于开启了。然后初恋也就莫名其妙地结束了,我和502天各一方,通了半年的信,终于没有话可以讲了。寒假回来见面的时候,我和她说,我们分手吧,我已经喜欢上别人了。502低着头哭,她说你不是说要照顾我一辈子吗?这才半年啊?"

"再然后,我们就没有见过面了。整整三十年。后来听说她嫁了个金融才俊,儿子在美国念书。"

"去年春节的时候,我家老头身体不好,我回来过年,年初三那天,居然在解放碑碰到高中时的一个老师,聊了一会儿天,然后我开车送他回学校。返回城里的时候,经过了粮站那幢宿舍楼,已经没人住了。我下车抽根烟,绕到楼下的时候,突然发现一个惊悚的事情,502的阳台上,破旧的小木桶里,插着白色的夹竹桃花。"

"小邱,没吓着你吧?我后来爬上楼去看了,是真的鲜花,有点干了,估摸着两三天前放的。我那天在周围转了转,知道这个楼两年前就清空了,502的爹妈也是那个时候搬走的。"

"去年下半年,我们家老头去世了,我把老太太接去了深圳。故乡似乎再也没有回来的理由了。年初二,就是前天,我和老婆说,有个项目我得飞一次重庆。老婆怒了,说有大过年的谈生意的吗?"

"前天中午我到重庆的时候,出着大太阳,像我们小时候的天,从机场开到粮站的江边只用了四十五分钟。那幢楼已经围起来了,说是节后马上就拆。我爬上五楼的时候,感觉整幢楼都被我的体重压得摇摇欲坠。但是502的阳台上,仍然,依旧,还是,放着夹竹桃花。小邱,邱总,这不是有毛病吗?是有人要告诉我这花放了三十年,每年的初一就放在这里吗?"

我听得一动不动地坐着。

"我那天不知道该做什么,也不晓得该去哪里,那天没有雾霾,在阳台上看得见江对岸绵延的山峦。1985年高考完,我和502坐渡轮去过那里,我们爬上了荒无人烟的山顶,在那里拥抱亲吻。她对我说,无论将来她是不是我老婆,她都会一辈子祝福我。"

"老邱,我是不是应该哭一下呀……"

我再也没有说过一个字。

那天离开串串店的时候,天已经大亮了,关二爷要坐出租车去机场,我步行回父母家,我们在门口拥抱告别。天气晴朗,艳阳高照。

这就是我的儿时朋友关二爷的三十年故事,与绝大多数中国人的三十年也许并无多大区别。无论你的夹竹桃是开在阳台,还是盛放在心里。

总有微风吹过那些朴实无华的白色花瓣,吹过我们心头。

革命之路

我总是能分辨出另外一个微弱而关切的声音，
它在岁月的风中不停地呼唤着：
"忘了我。"

七八月的时候，我给自己放了个大假，回到故乡重庆的小镇，陪伴家里九十二岁的老父亲过一个完整的夏天。

老头倒也不客气，一上来就给我个下马威，高烧40℃，血压飙到200，住院一周。

我是从机场直扑医院的。

两天后体温、血压、血氧都正常了，老头就开始了他日夜颠倒的表演：每天凌晨四点前，五分钟起来小便一次，把护工阿姨累到崩溃。

开始我们都认为老年人前列腺都这样，但是还有后续，吃完早餐之后，他就开始呼呼大睡，三四个小时不带起床的。

后来才知道，新冠阳了之后，这是他住院的日常：晚上像哈姆雷特一样，拎着个尿壶四处巡视，反复思考人类生存毁灭等重大问题；白天像卧龙岗的诸葛先生一样，一直睡一直睡，好像在等刘玄德来叫他去加入帮会、重启人生。

出院前一晚，我和护工阿姨用了九牛二虎之力第九百九十九次把他扶回床上，我说："医生说你没有脑出血的危险。"他自信地点点头。

我说："我觉得我自己风险很大！"

父亲年轻时当过警察，干过刑侦，用他的话说，拿枪的那种。这次我扶他起床和躺下的时候，人生中第一次发现这个小个子有着非常强壮的四肢，这大概是他不怂人生的基础设施。

事实上，从小到大，我只听他讲过他当警察时的一件事。

说是在20世纪60年代，他抓了三个偷盗的犯人，判了两三年，还送去了西北的农场接受劳动改造。

这几个人放出来的那一年,恰逢冬天快要过年了,父亲正好去农场办事,顺便就把这三个人捎回重庆。

飘着雪的冬天,四人坐在卡车后车厢的四个角,连个顶篷都没有,两天一夜,那三个人偶尔还抽两根烟,父亲不抽烟,双手一直揣在棉袄里。

三个人中领头的廖三说:"老邱,你不要把手一直放在枪上,我们三个人要是一起扑过来,你一枪打不死我们的。"

老邱把棉袄的扣子解开来说:"我没有带枪。"

廖三说:"那你还敢喊我们坐你的车?"

老邱说:"坐这个车你们可以提前三天到重庆,早点过年。"

2019年,父亲八十八岁,廖三七十三岁,廖三小生意做得很好,来看父亲,还给他带了两瓶2001年的茅台。父亲不要,说休想对他行贿。廖三说:"你还有个啥子权力嘛?还说我要行贿你……"

走的时候,廖三和我说:"你们老头这个家伙,啷个说哎,可以活一百岁,可以打一百分。"

廖三走后,父亲把两瓶酒交给我:"搁好,有大喜事才开。"

1986年的时候，我念高三，进入了高考冲刺阶段，也是在那一年，我开始有了一点点早恋的感觉，准确地说，是暗恋的感觉。我怀疑很多人初三就早恋了，而我高三才开始暗恋，但是，在父亲看来，这仍然是严重影响学习的，且从道德品质上来讲，这是完全无法接受的严重事件。

导火线是我的日记。有一段时间，我喜欢记日记，像鲁迅先生和雷锋同志一样，每天的事事无巨细都记下来。

这一年，父亲五十五岁，已经从公安局调到了农业局，但是，他对侦察手段的迷恋从未减退过。我要保护我的秘密，父亲则要不惜一切代价找到我的秘密，以防止早恋或者暗恋影响我的学习。

家里的客厅挂着一幅非常大的油画，是外公外婆送给我们的，我把日记本藏在了画框的背后，自我感觉天衣无缝后才去上晚自习。

上完晚自习回家，老警察已经把我的日记读完了。

此后的大半年一直到高考结束，我都没怎么理过他。

在复旦大学念书的时候，父亲半个月写一封信给我，而我差不多一个月回他一封。

我至今还记得他给我写的第一封信的内容,并没怎么关心我的衣食住行,而是鼓励我努力学习,积极进取,走上革命道路。

为此,他又抄了一大段奥斯特洛夫斯基的话给我,尽管我早就能够背诵其中每一个字:

> 人的一生应当这样度过:当回忆往事的时候,他不会因为虚度年华而悔恨,也不会因为碌碌无为而羞愧;在临死的时候,他能够说:"我的整个生命和全部精力,都已经献给了世界上最壮丽的事业——为人类的解放而斗争。"

事实上,这一生中,除了日记本事件,老父亲没有任何一件事情在我的价值评判中低于一百分。如果说这一生我曾经真的崇拜过一个人的话,只有我的父亲,他用诚实、勇敢、利他建立了一个完整的价值体系。

1998年,我在报社升了一个小小的副处级,我的父亲到退休就是个副处,没想到他的儿子三十岁就达到了他的目标。

他写了一封热情洋溢的信给我,还装模作样地引用了两句杜甫的诗：

> 公若登台辅，临危莫爱身。

这是杜甫写给要去当大官的严武的诗，"台辅"大约已经是宰相了，意思就是严同志如果当了宰相的话，国家危难的关头要不惜牺牲生命。

那时的我当个小官就开始卖弄，我说伟大领袖毛主席告诉过严文井和臧克家，他喜欢李白，不喜欢杜甫，说老杜是个小地主，哭哭啼啼的。

这一次，父亲没有教育我，而是选择了沉默。

三十岁以后的人生证明，我没读懂李白，也没读懂杜甫，当然，更没读懂毛主席。我根本也没有能力当什么官，不要说"台辅"，当个"辅警"都吃力。

2023年暴雨的夏天，我坐在窗前陪父亲下象棋，说："我自己创业了，万众创业是国家支持的，不给国家添负担，自己养活自己。"他说："很好！"

这个夏天，陪伴父亲的生活，变得非常有规律，吃完早餐，他要继续睡一觉，把晚上巡逻的精力都补回来。

而我则会去马路对面县城里唯一的星巴克买杯冰美式，县城的咖啡馆人很少，可以在这里看点书，写点东西，非常惬意。

有一天听两个女人聊天说："有个重庆妹儿不得了，坐一架牛弯私人飞机从洛杉矶起飞后就不见了……"

我走的时候善意地提醒说："湾流。"

两个女人听后就怒了，说："关你啥子事，你有湾流没得嘛，看你瓜娃儿就像个盲流。"

午饭后，我们开始下象棋。父亲年轻时是象棋高手，问题在于，九十二岁时仍是高手，以至于我一盘都没有赢过，下了两个礼拜，非常无聊。有一天，他忍不住教育我，你莫要不耐烦，下棋跟世界上的事一样，不要急匆匆两三秒走一步，下快棋爽一时，但是没得价值，眼光放长远点，至少要看到三步到五步，这一步是困局，五步之后可能就将死了。

下完棋如果天气好，我就推着轮椅带他去长江边转转，生病后父亲的身体状况下滑明显，此前一天能走一万步，现在走一百米就得坐轮椅了。

有一天，他坐在轮椅上突然问了我一个问题：

"那两瓶 2001 年的茅台，会不会，慢慢挥发掉？"

我说:"不会的,密封好着呢。"

他说:"也会越来越少的……只是……确实也没得啥子要庆祝的事情。"

他说:"你哥哥先走了,你母亲也走了。"

他说:"我们都是唯物主义者,生死早就看淡了,只是,你哥哥走得突然,你母亲走在ICU里,我们都没有最后告别,很遗憾。"

我说:"爸,这两瓶酒,留到您百岁生日吧!"

我说:"相信到那时,我已经参透到棋局的第五步了。"

老父亲在轮椅上转过头来看着我:

"小娃儿,你哭了,哭吧!"

他说:"我还要问你一个最重要的问题,人活一辈子的意义到底是啥?"

我说:"爸,还记得我上大学的时候你写给我的信不,保尔·柯察金,为解放全人类而斗争,我相信,马克思、恩格斯、爱因斯坦甚至乔布斯,都是为解放全人类而努力奋斗,这是最大的意义,我很认同。"

我说:"爸,现在的我,就想解放我自己,我就想越过这道坎,我想忘记母亲,她在ICU最后插管的时候一定痛苦万分,身边一个亲人都没有,她内心里一定在喊着最爱的人的名字,也许,她喊的是我的名字!"

在这个地势平缓的小镇,总有江面上的和风掠过夏日的街头,每一个清晨和黄昏,穿过那些赶场的农民嘈杂的叫卖声、坝子上丝巾嬢嬢们震耳欲聋的广场舞音乐声,我总是能分辨出另外一个微弱而关切的声音,它在岁月的风中不停地呼唤着:

"忘了我。"

[全文完]

邱兵

重庆巴南人
毕业于复旦大学新闻系,曾任《文汇报》记者
2003年,创办《东方早报》
2014年,创办《澎湃新闻》
2023年,发起"天使望故乡"简体中文写作计划
《越过山丘》是他的第一部文学作品

越过山丘

作者 _ 邱兵

产品经理 _ 李谨　　封面设计 _ 胡崇峯　　内文设计 _ ABookCover
产品总监 _ 岳爱华　　技术编辑 _ 顾逸飞　　责任印制 _ 刘淼　　出品人 _ 王誉
营销团队 _ 毛婷　魏洋　马莹玉　张艺千　　物料设计 _ 朱大锤

鸣谢

一草　黄志强　思明

果麦
www.guomai.cn

以　微　小　的　力　量　推　动　文　明

图书在版编目（CIP）数据

越过山丘 / 邱兵著. -- 天津：天津人民出版社，2024.6（2024.9重印）

ISBN 978-7-201-20521-2

Ⅰ.①越… Ⅱ.①邱… Ⅲ.①散文集-中国-当代 Ⅳ.①I267

中国国家版本馆CIP数据核字（2024）第107534号

越过山丘
YUEGUO SHANQIU

出　　版	天津人民出版社
出 版 人	刘锦泉
地　　址	天津市和平区西康路35号康岳大厦
邮政编码	300051
邮购电话	022-23332469
电子信箱	reader@tjrmcbs.com
责任编辑	燕文青
产品经理	李　谨
封面设计	胡崇峯
制版印刷	北京盛通印刷股份有限公司
经　　销	新华书店
发　　行	果麦文化传媒股份有限公司
开　　本	787毫米×1092毫米　1/32
印　　张	7
印　　数	52,001－57,000
字　　数	112千字
版次印次	2024年6月第1版　2024年9月第9次印刷
定　　价	59.00元

版权所有 侵权必究

图书如出现印装质量问题，请致电联系调换（021-64386496）